我々のモットーは、「三つ星ホテ
負けない真心こもっ
」です
JN067364
秘密結社ペンギン同盟
あるいはホテルコペンの幸福な朝食
鳩見すた
イラスト◎佐々木よしゆき
デザイン◎鈴木 亨

【ペンギン同盟】作戦会議！
本日の議題は、ラウンジで提供する「新作スイーツ」の試食会です
支配人 シハイニン
シェフ マカロニ
客室係 コガタ
コンシェルジュ ラン
バーテンダー ヒゲ
ウェイター アデリー
PENGUIN UNION

鳩見すた
Suta Hatomi

Secret Society
PENGUIN
UNION

CON
TENTS

Introduction

犬洗（いぬあらい）ライカは見てしまった。

「ちょっ、えっ、あっ——」

そんな断末魔を残し、人がビルから落ちるのを。

春うららかな屋上から、男がふっと消えるのを。

それが事故であったならば、ライカも悲鳴を上げただろう。

けれどスキンヘッドのこわもて男性は、誤って地上へ転落したわけではない。

黒いスーツを着たその人物に、どんと押されて奈落へ消えたのだ。

「任務完了。そちらに向かいます」

黒いスーツの背中が言って、くるりとこちらを振り返る。

女性だった。スーツだけでなくネクタイも、切りそろえたショートボブの髪も、右手に携えた拳銃も、シャツ以外は全身黒で統一されている。

その表情に人を殺した動揺はなく、冷淡というよりも「無」に近い。

「……あら」

スーツの女性がライカに気づいた。屋上の出入り口で固まっている目撃者を一瞥すると、女性は耳のインカムに触れて誰かに報告する。

「支配人、一般人の少女に仕事を見られました」

ライカはわなわなと震え始めた。女性はたぶん殺し屋だ。殺す相手にまともな悲鳴すら上げさせない、冷酷無比な仕事人だ。

そんなプロの現場に居あわせた人間の運命は、火を見るよりも明らかだろう。

そうわかっていても、ライカは聞かずにいられない。

「わ、わたしはおねえさんに消されるんですか？　こんなところに、うっかりのこのこやってきたせいで」

「それはあなた次第。『こんなところ』にやってきた目的は？」

銃を持った手で、殺し屋が足下を示す。

このビルは七階建てだ。テナントはもぬけの殻で、エレベーターも動いてない。ライカはえっほえっほと階段を上ってきたが、踊り場はゴミだらけだった。

いま思えば、ここは廃ビルなのだろう。一般人が苦労して上ってくる理由はなにもない。だから殺し屋がいてもおかしくない、とまでは言わないが、女の子がひとりでほっつき歩く場所でもない。なぜ事前に警戒できなかったのか。

「……なんか今日は色々だめだ。本当に厄日かも……」

ライカがぶつぶつ言っていると、殺し屋がかちゃりと銃を動かした。

「理由を話す気がないなら、命日かも」

「ひっ！ わ、わたしがこのビルを上った理由は、バイトをクビになって……」

しどろもどろなライカを見て、殺し屋の眉が片方上がる。

「バイト？ 少女はそのくらいで飛ぶつもりだったの？」

「飛ぶ……？ あ、誤解です。わたしは生きる気満々です」

人のいないビルに上ってきたことから、殺し屋はライカが解雇を苦にして飛び降りるつもりだと予想したのだろう。

確かにバイトをクビになったのは死活問題だけれども、それくらいで人生をあきらめるつもりはない。いまこの瞬間だって、ライカは精一杯生きようとしている。

「ついでにわたし、少女でもないです。犬洗ライカ。二十歳（はたち）です」

童顔なので幼く見られがちだが、ライカにも年相応の人生経験がある。

だからあえて、自分の名前を口にした。

いままで人前で自己紹介すると、必ず「どんな字？」と問われた。それをきっかけに会話が弾（はず）んだ。そうなれば殺し屋だって、こっちに情が湧くかもしれない。

『名前がカタカナとかめっさかわいい。少女、殺し屋とライン交換希望』

なんて感じで、五分後には一緒にタピオカを飲んでいる可能性はある。

「私はマゼミズハ。二十七歳。あなたに死ぬ気がないならよかった。続けて」

殺し屋は催促するように銃を動かした。

ライカは愕然とする。名前の由来を尋ねてくるどころか、先方はクールに自己紹介を返してきた。その行為はライカの死を意味しているに等しい。裏社会の人間が名乗るのは、相手がこの世からいなくなるときと相場が決まっている。

「わわわ、わたし、鳥、アプリ、ホスピタリティ」

いよいよ命が風前の灯火となり、ライカの声は震えていた。いましがたビルから落ちたスキンヘッドのイメージが、頭の中を『ちょっ、えっ』とよぎる。

「いったん深呼吸」

ふいに殺し屋が腕を広げ、大きく息を吸い始めた。

ライカがぽかんとしていると、殺し屋は感情のない目で「あなたもやって」と命じてくる。わけがわからないが、いまのライカは逆らえる立場にない。

ミズハと名乗った殺し屋と向きあい、腕を広げて胸をそらせる。

「それで？」

ふうと、大きく息を吐いてミズハが言った。

「なにがです？」

すうと、ライカも呼吸しながら首を傾げる。

「話の続き」

「ああ、あれはですね――」

そこでライカは気づいた。自分が話している相手が友人ではないことに。

「す、すみません。ミズハさんがさりげなく銃をしまってくれたから、本気でリラックスしちゃいました……」

殺し屋の眉がひくりと動いた。また余計なことを言ってしまった気がする。

「あっ、えーっと、ビル！　ビルに上った理由ですよね！　まずわたしがバイトをクビになった経緯は、書店でお客さんから声をかけられて――」

ライカはその場をごまかすように、受難の始まりを振り返った。


「すみません店員さん。この小説、どれが一巻ですか」

朝、高校生くらいの女の子に尋ねられた。女の子が指さす平台の上には、白いアリクイのイラストが描かれた文庫本がいくつか並んでいる。

しかし巻数の表示はないし、帯やあらすじに『シリーズ第一弾』といった文句もない。イラストはかわいいのにちょっと不親切だ。作者が鳥頭でもなければ忘れたりしないだろうし、きっと編集者が悪いのだろう。

ライカはスマホで出版社のサイトを調べ、判明した一巻を女の子に示した。

「ありがとうございます。すてきなお店ですね！」

女の子が全身で笑う。まるでケガから治った鳥が飛ぶ瞬間を見たかのように。

身に余るほどの感謝はうれしいけれど、喜んでばかりはいられない。

なぜならライカのバイト先は、ここではないからだ。

まだ時間があるからと出勤前に立ち寄っただけで、ライカも女の子と同じく書店の客でしかない。

遅刻だ遅刻と走ってバスに乗り、望口駅郊外のバイト先へ向かう。

運転手に礼を言い、職場までダッシュし、どうにか間にあい制服に着替える。

そうして「今日もがんばろう！」と気合いをいれたところで、ライカは沈痛な面持ちの上司に呼ばれた。

「あの、ライカちゃん……ね。確かにこの仕事はホスピタリティ、つまりもてなしの心が大事って言ったけど……ね。うちはやっぱり、葬儀屋だから……」

遺族に感情移入して泣いてしまったり、悲しむ子どもを笑わせたくて歌ってしまったり。仕事中のライカは上司のように粛々とした、「模範的ご愁傷さま」の振る舞いができなかった。

「ライカちゃんが担当したお客さまは、みんな喜んで感謝の手紙まで送ってくれるけど……ね。うちはやっぱり、葬儀屋だから……」

遺族とはまったく関係ないほかの弔問客から、ライカを「不謹慎」と非難するクレームが相次いでいるらしい。

「なんでもかんでもネットで評価される昨今、実際の評判よりもイメージを守らなきゃいけないことも……ね。うちはやっぱり、葬儀屋だから……」

上司は心の底から申し訳なさそうな顔で、ライカにクビを言い渡した。

「いままでお世話になりましたっ！」

ライカは笑顔で受け入れる。そりゃあ本音を言えば辞めたくなんてない。こう見えてアルバイトで生計を立てている身だ。けれど自分のせいで仕事仲間にクレームのしわよせがいくと思うと、涙をのんで立ち去るしかなかった。

「またクビ……なんで仕事が続かないんだろう……」

どんよりした気分で、街をとぼとぼと歩く。

ライカは自他ともに認める世話好きだが、特段の夢があるわけではない。

なのでサービス業をいろいろやってみたが、どれもうまくいかなかった。サービス業はサービスをする仕事ではなく、仕事をするサービスでしかない。効率とコンプライアンスを求める企業は、マニュアル外のお節介をするライカを煙たがった。

「わたしの性格って、社会人に向いてないのかな……」

くよくよ考えながら歩いていると、いつの間にか駅に着いていた。うっかりバス代が浮いてしまったが、それを笑える心の余裕もない。

「いや……余裕はちょっとだけあるかも」

パーカーのポケットをあさると、バイト代と「ひなあられ」が入っていた。上司が『せめてこのくらいは……ね。あと今日ひな祭りだから』と、色とおまけをつけてくれたのだ。おかげでふところも心も少しあたたかい。

さてこれからどうしようと、ひなあられをぽりぽり食べつつ考える。

暦は三月。時刻は午前。

太陽はあたたかく、見晴用水沿いの枝垂れ桜はわずかにつぼみをつけている。

「……くよくよしてても、しょうがないよね。ここはパーッと楽しもう！」

思うが早いか、ライカはスマホを取りだした。

地図アプリに文字を打ちこんで、目的地を表示させる。

「思ってたほど遠くないかも……よし」

ナビモードを起動して歩きだすと、気分がうきうき上向いてきた。

パーッとお金を使うと言っても、ライカには高級レストランで豪遊したり、ブランドもので散財しようなんて発想はない。

ライカが思い立ったのは、望口美術館で開催されている写真展だ。

これだけお金があれば、千六百円の入場料以外に図録も買える——。

「私も好き。写真」

ふいに殺し屋ミズハが口を開いた。

「えっ、静物ですか？　動物ですか？」

ライカはうれしくなって聞き返す。

「動物。南極の生き物が特に」

「わかります！　わたしは静物で、特にミニチュア写真が好きなんです。でも動物もよく見ますよ。ペンギンとか、めちゃめちゃかわいいですよね！」

瞬間、ミズハの目つきが鋭くなった。ライカは「うっ」と後ずさる。

なにか地雷を踏んでしまったのだろうか。ペンギンが嫌いな人なんてそうそういないと思うものの、殺し屋の考えていることなんてわからない。

「え、ええと、そんな感じで、わたしは美術館に向かっていたんですが――」

話をそらすように、ビルへ上った経緯を続ける。

「ちょっとおかしなことになったんですよね。ナビではすでに目的地へ到着しているのに、辺りに美術館らしき建物が見当たらないんです」

しかし近くに建っているマンションの名前は、ナビ画面に記載されているものと同じだった。もしかすると座標が微妙にずれているのかもしれない。地図アプリを使っていると、こういうことがたまにある。

「それでとりあえず、誰かに聞いてみようと思ったんです。でもなぜか、通りに人影がまったくなかったんですよ」

まだ午前中なのに、辺りは真夜中のように静まりかえっていた。駅前には人が大勢いたので、どことなく気味が悪い。

「この時間帯、ここはエアポケット」

さも当然のようにミズハが言った。『仕事』をするのにもっとも適した時間も調べずみらしい。なじみつつあったけれど、やっぱりプロは怖いと身震いする。

「そ、それでしかたなく、目についた中で一番高いビルに入りました」

「それはなぜ？」

そこが肝心とばかりに、ミズハが問い詰めてきた。

「その……子どもの頃に、父が教えてくれたんです。『迷ったら鳥になれ』って」

高いところから見下ろせば、おのずと自分の位置が把握できる。

数多い父の教えの中では、年になんどか役立つ助言だった。

「なるほど。ライカは鳥瞰したかった」

「そ、そうです。超鳥瞰？　です」

「誰かに頼まれたわけではない」

「もちろんですとも！」

「面白い話だった。それじゃ」

ミズハが淡々と言って片手を上げた。

「わっ、わたしを殺すんですか？　こんなにたくさんしゃべったのに！　ミズハさん情とか移らなかったんですか！」

「残念だけど、あなたの運命を決めるのは私じゃない」

冷酷に言い放ち、ミズハはインカムで誰かと話している。

「……はい……ええ……問題ありません……私がやります……こっちの少女は……『組織』の仕事も……『支配人』が……すみません……」

漏れ聞こえる単語の恐ろしさに、ライカは冷や汗が止まらない。

「あ、あの、わたしをどうなさるおつもりでしょうか」

返答はなし、というより無視された。もう話すつもりがないらしい。

もしかしたら、ミズハの立場も危ういのだろうか。それが目撃者をさっさと始末しなかったせいならば、少し申し訳ないことをしたと思う。

それからしばらく、お互い無言のまま立ちつくしていた。

やがてライカの背後から、苦しげな男の息づかいが聞こえてくる。

「ふう……お待たせしました。エレベーターがないと、ふう、きついですね」

つらそうに喘(あえ)いでいるものの、声はどことなく優しげだった。慌ててやってきたサンタクロースを連想するというか、じんわりとあたたかみを感じる。

しかし声の主である男は、おそらく運命を握る『支配人』だ。

部下に殺しを容認する、げに恐ろしき『組織』のボスだ。

そう思うと、ライカは怖くて振り返ることができない。

「彼女、どうしますか」

ミズハの視線は、断捨離(だんしゃり)中に出てきた引き出物の提灯(ちょうちん)を見るように冷たい。

「待って、ください、ミズハさん……あっちはあっちで大変で……いま、呼吸を、整えます……ふう。とりあえず、ふう。そちらの、かたの、お名前を」

息が上がっているものの、支配人の物腰はやわらかだ。

ライカはそこに勝機を見いだし、ぴしっと背筋を伸ばして元気よく答える。

「犬洗ライカ、二十歳。無職です！」

もしかしたら、自分は見逃してもらえるかもしれない。

そんな甘い期待を抱いたことを、ライカはすぐに後悔する。

「ライカさんは……そうですね。このまま帰すわけにはいきませんね」

背後からの言葉を聞いて、ライカは自らの死を悟った。

けれど同時に、今日みたいな日に死にたくないと脳をフル回転させる。

現在の位置関係は、屋上の出入り口、支配人、自分、ミズハのはずだ。

まずは振り返り、出入り口をふさいでいそうな支配人に跳び蹴りをかまそう。

次にミズハが撃ってくるであろう銃弾を、背中をそらす要領でひょいとかわす。

最後は階段の手すりをしゃーっと滑って、一目散に家へ帰ればいい。

問題があるとすれば、一般人のライカにそんな芸当は不可能ということだろう。

けれどそこは考えても意味がない。やらなければやられるのだ。

覚悟を決め、ライカは振り返った。

走りだし、目標を探した。

しかし目の前にいるはずの、支配人の姿が見当たらない。

それどころか、さっきまでなかった真っ白い壁が目の前に迫ってくる。

「あっ」

思いのほかふんわりした感触があり、ライカはぽよんと押し戻された。

いったいなぜと顔を上げ、目にしたものに言葉を失ってしまう。

朝一番で仕事をクビになり、ビルの屋上で殺し屋と対峙し、今日はもうこれ以上のサプライズはないと思っていた。

けれど眼前のそれを見て、ライカは口をあんぐり開けて仰天している。

目の前の白い壁が、のっそりと動いた。

黒いひれが伸びてきて、黄色いくちばしがぱかっと開いた。

「大丈夫ですか、ライカさん。立てますか」

あきれるほどに巨大なペンギンが、支配人の声でライカを気づかっていた。

[First Penguin]

ブラックバードは飛んだ。
暗闇の中を光に向かって

久地(くじ)は十一時にタイムカードを押した。

重役出勤ではない。塗装業という仕事柄、夜中に突貫で作業をすることがある。週に二、三日は遅番の勤務があり、今日がその日というだけだ。

「ねー、お昼どうする？」

更衣室に向かって歩いていると、給湯室からおしゃべりが聞こえてきた。

「聞いて。毎日五時五分まで会社にいるのに、残業代ついてないんだけど」

「社長ケチすぎだよね。この間も帰りに声かけられてなにかと思ったら、あたしが持ってたボールペンを指さして、『会社の備品を持ち帰るな』だって」

女子社員の座談会らしい。

五分の残業代請求は微妙なラインだが、確かに社長は太っ腹ではない。

久地が会社に拾われて一年になるものの、給与に手当がついたことは一度もなかった。交通費やガソリン代の精算ですら、社長が自ら目を通しているらしい。

「ありえなくない？ 自分はキャバ通いしてるのに……あ、久地くん、久地くん」

通りかかった久地の姿を、女子社員が目ざとく見つけてくる。

「うちの社長ケチすぎない？ やっぱ現場でもそうなの？」

「……よくわからないです」

それだけ返し、久地は男子更衣室に入った。上着のボタンに手をかける。

「なんなのあいつ？ ガタイのわりに陰キャでキモくない？」

女子社員たちの声は、ドアを閉めても聞こえてきた。

おそらくさっきの噂話も、事務所にいる社長の耳まで届いていただろう。それを注意したりはしないので、社長は懐が広いのか狭いのかよくわからない人だ。

「あの歳でコミュ力ないとかしんどそう。さっさと会社辞めればいいのにね」

座談会の攻撃対象は、社長から久地に変わっていた。きっと彼女たちは世の中のすべてが不満なのだろう。いまの境遇に甘んじている自分自身も含めて。

そういった感覚は、すでに久地にはないものだった。

二十五歳でこの小さな会社に入ってから、久地は塗装作業のほかに営業や経理仕事も担当している。断れずにいたら、なんでも屋のようになっていた。

しかし給料以上に働かされても、それほど大きな不満はない。仕事帰りに銭湯に浸かって散歩でもすれば、それだけでストレスは解消できる。

　別にお人好しというわけではない。過去を顧みれば、仕事にありつけているだけで御の字だ。ブラック企業にすら入社できない人間は大勢いる。

「久地さん、まずいです！」

いきなり更衣室のドアが開いた。驚いて振り返ると、津田山恭子と目があう。

津田山恭子は事務担当の社員だ。見た目も性格も地味な印象で、同僚と話している姿もほとんど見かけない。食事はいつも持参した弁当をひとりで食べている。

自分と同類の女性がなんの用かと、久地はひとまず身構えた。

「……やっぱり、筋肉すごいですね」

こちらの緊張に反し、津田山恭子は呆けた顔で久地の体を見つめている。

「すみません。すぐに着替えます」

慌てて作業着を羽織り、ファスナーを限界まで引き上げた。ここは男子更衣室だったが、セクハラ騒ぎを起こして目立ちたくはない。

「こちらこそすみません。つい見とれてしまって……」

ぺこぺこと頭を下げる津田山恭子に、久地は憐れみに似た親近感を覚えた。

「それより津田山さん、『まずい』ってなにがですか」

「あっ、そうでした。社長が久地さんを呼んでいます」

「わかりました。すぐに行きます」

「だめです！」

津田山恭子の剣幕に驚く。さっきまでのおどおどした様子がまるでない。

「だめって、どういうことですか」

「会社のお金がなくなっているんです。横領です。社長は犯人を探しています」

「なるほど。わかりました」

「『なるほど』じゃないですよ！　社長は犯人を探しているんですよ！」

なぜかはわからないが、津田山恭子は怒っているようだ。

「もしかして、社長は自分をあやしんでいるんでしょうか」

「わかりませんが、容疑者のひとりです」

「だったら問題ありません。自分は横領なんてしてませんから」

「知ってますよ。久地さんはそんな人じゃありません」

ほんの一年職場で一緒だっただけで、俺のなにがわかるというのか——。

そう思ったが、久地は顔を伏せている自分に気づく。

「……とりあえず、社長の誤解を解いてきます」

「だからだめですってば！　久地さん犯人にされちゃいますよ！」

「どうしてそっ……そう言えるんですか」

声がうわずった。まさかと思うが動揺が隠せない。

「私、知ってるんです。久地さんの消せない過去を」

呆然として、津田山恭子を見る。

「少し前に、社長に頼まれたんです。『賞罰欄のない履歴書を使っている人間を調べろ』って。刑事ドラマかなにかで見たみたいで」

前科者が履歴書に「賞罰なし」と書けば、それは立派な経歴詐称になる。しかし記入欄自体が存在しなければ、わざわざ自己申告する必要はない。

おおかたドラマの中では、そういう履歴書を用いた人物を容疑者だか犯人だかに決めつけたのだろう。実際よくあることだ。

「それでネットで調べてみたら、久地さんの事件が出てきちゃって」

久地には前科があった。一般的には半数が不起訴になる傷害罪で、実刑判決を受けての収監。久地はそれだけ危険な人物と判断される罪を犯した。

その過去は、つぐないを終えたいまでも久地を苦しめている。

出所してから最初の職を得るまでに三年かかった。一般企業はもちろん身分を隠せる日雇いですら、前科を知られると仕事を回してもらえない。

おかげで数え切れないくらいに職を変えた。変えさせられた。

だから現在の久地は、自分の過去をひた隠しにして生きている。

うっかり素性を口走らぬよう、人とのつきあいも極力避けている。

だがそれも、昨今ではあまり意味がない。ネットというもうひとつの社会には、久地の過去があたかも現在のように刻印されている。

「そうですか。だったらしょうがありません」

ようやく慣れ始めた仕事だったが、もう辞めるほかないだろう。横領に関して無実でも、前科を知られれば間違いなく会社からは追放される。

「そんな『慣れっこ』って顔しないでください。社長にはまだ言ってません」

聞き違いかと見ると、津田山恭子は微笑(ほほえ)んでいた。

「現段階であやしまれているのは、経理に携わった人間です。きっと私も、痛くないおなかをいっぱい探られるでしょう。そうなったら久地さんは不利ですよね？」

たとえ自分がしゃべらなくても、社長が取り調べる過程で久地の過去が発覚する可能性がある。津田山恭子はそう言いたいのだろう。

「だから久地さん、今日はもう帰っちゃいましょう」

意味がわからず、「えっ？」と聞き返した。

「ここは従業員十数人の小さな会社です。横領なんて大げさな話で、棚卸しの在庫を書き漏らした程度に違いありません。こんな騒ぎはすぐに収まるんで、ほとぼりが冷めてから出社すればいままで通りですよ」

微々たる額の使途不明金を、ボールペン一本にもうるさい吝嗇社長が勘違いして騒ぎ立てた──それはいかにもありそうな話に思える。

「『久地さんはインフルエンザの疑いありで帰らせた』。社長にはそう伝えます。身を守るために早退するのは、賞罰欄のない履歴書を使うのと同じですよね?」

久地とて過去を暴かれるのは不本意だ。無実なんだからなおさらだ。だからその申し出はありがたい。しかしそんなことをして、津田山恭子になんの得があるのか。

いままで挨拶程度の関係だった女性を、疑念の目をもって観察する。

そういえば、一度だけ会計ソフトのトラブルを見てもらったことがあった。津田山恭子は椅子ごと隣にやってきて、手を取りながら教えてくれたのを覚えている。

人づきあいは不得手だが、実は面倒見のいい性格なんだろうか。

仮にそうだとしても、さすがに前科持ちをかばうのは普通ではない。

「なんで、そんなに見つめるんですか……」

気恥ずかしそうにうつむくその顔が、久地の中で過去の家族と重なった。

あの事件を起こして以来、一度も会っていない妹と。

「津田山さんは、俺が怖くないんですか」

「それは……怖いですよ。男の人は、みんなちょっと怖いです」

「そういう意味じゃなくて……いや、そういう意味か」

「人間って、よくも悪くも変わるんですよよ」

ふいに津田山恭子が背を向けた。

「ずっと同じ人なんていません。人はちょっとずつ変わるんです。私は久地さんをずっと見てました。久地さんはいつも真面目で、文句も言わず、清潔です」

「清潔？」

浮いた言葉が気になった。高潔、あるいは潔癖と言いたかったのだろうか。

「ともかく、久地さんは心を入れ替えてがんばっているように見えます。過去に怖い事件を起こしたあなたとは、もう別人なんです」

出所してから久地が出会った多くは善人だった。しかし前科を知ると誰もが距離を置き、ときには絶交を宣言してきた。それは自分の罪に対する罰であり、相手が悪いわけではない。久地はずっとそう思っていた。

しかし津田山恭子という人は、犯罪者が更生すると信じきっているらしい。

世の中にはこういう人間もいるのかと、久地は華奢な背中をまじまじ眺めた。

「それで、どうするんですか久地さん。本日二月二十八日は、出勤ですか？　それとも早退しますか？」

「それじゃあ今回は、津田山さんのご厚意に甘えてもいいですか」

「はい。喜んで」

振り返った津田山恭子は、なぜか泣きそうな顔で笑っていた。


ライカはかちこちに固まっていた。

ここは望口駅前に建つ、「ホテルコペン」の一階ロビー。

コペンはビジネスホテルよりちょっといい宿として知られているが、客室数は百三十と多くない。しかし一流ホテルに勝るとも劣らないサービスで、全国の旅行者から愛されている――と、スマホでこっそり見た口コミサイトに書いてあった。

そんなホテルのふかふかなソファに座っているからライカは落ち着かない、というわけでもなく、緊張を強いられている主な原因は向かいの「支配人」だ。

白くたぷんと突き出たお腹。

黒い燕尾服を着たような肩のライン。

そう説明すると「ちょっと恰幅のいいホテルマン」といった感じだけれど、実物の支配人はどう見てもペンギンだった。しかもふたりがけのソファを一羽で占領するくらい、ありえないほど巨大なコウテイペンギンだ。

それだけでも信じられないというのに、このペンギンは人の言葉をしゃべる。

「今日は大変でしたね、ライカさん」

大きさも大きさだし、中に人が入っているのだろう。最初はそう思ったものの、間近で見ると羽毛の質感がリアルすぎる。これが着ぐるみだなんて思えない。

「ミズハさんのほうから、おおよその話はうかがっています」

支配人が黄色いくちばしをフロントに向けた。

そこにはなぜか、ホテル従業員の制服を着たミズハがいる。首にオレンジ色のスカーフを巻いた立ち姿は、殺し屋の本性をみじんもうかがわせない。

「あ、あの、わたしはどうなってしまうんでしょうか」

ライカはおっかなびっくりに尋ねた。場所は廃ビルからホテルに移ったけれど、殺し屋とそのボスが同じ空間にいる状況は変わってない。

ひとまずすぐには殺されないようだが、支配人からは『このまま帰すわけにはいかない』と言われている。秘密の地下室で爪をまるっとはがされるとか、臓器をいくつも取られるとか、ひどい目に遭わされることは確実だ。

などとライカがおびえていると、支配人がぺかっとくちばしを開いた。

「とりあえずライカさんには、ベルガールをやってもらおうと思います」

「べ、ベルガール？」

聞いたことのない拷問だ。

「はい。ホテルには色々な仕事があります。まずはフロント係ですね。お客さまのご予約を確認して、宿泊記録を管理する役目です」

フロントと言えばホテルの顔だ。そこにすまし顔で殺し屋が立っているのだから恐ろしい。このホテルは『組織』とやらの隠れ蓑なんだろうか。

「あそこでお客さまがたと談笑しているのはシェフですね。当ホテルのレストランで働く調理担当です」

くちばしが向く先を見ると、階段の踊り場でコックコートを着た男性が女性に囲まれていた。金色がかったブラウンの髪。首元の赤いスカーフ。一見するとおしゃれな外国人だけれど、もしかしたら本場のマフィアかもしれない。

「ああ、いまシェフを引っ張っていったのがウェイターですね。ちなみに当ホテルはビュッフェ形式で、朝食のみをご提供させていただいています」

黒髪に銀メッシュを入れた青年が、シェフを引きずり階段を上がっていく。ぱっと見た感じは整った容貌だけれど、その怒りに満ちた瞳はスコープをのぞくスナイパーを彷彿とさせた。

「ヒゲさんは……まだ寝てるかな。おや。あそこをにこにこしながら歩いている子が客室係ですね。ベッドメイクや清掃全般を担当しています」

制服こそ着ているけれど、その客室係は中学生にしか見えなかった。しかしいまのライカには、やんちゃそうな笑顔が暗殺者の仮面のように思える。

「あ、コガタくん！　トボガンはだめですよ！」

いきなり支配人が叫んだ。『トボガン』ってなにと辺りを見回すと、なぜか客室係の少年がいなくなっている。

代わりに小さなペンギンが、ロビーをよちよち走っていた。

大きさ的に赤ちゃんであろうペンギンは、支配人のようにつやつやしていない。灰色がかった羽毛はもこもこ気味で、胸のところにハート型の模様がある。

「かわいい……動くぬいぐるみみたい……」

ライカがうっとり見つめていると、赤ちゃんペンギンが勢いよく転んだ。

かと思ったら、そのままフロントの前まで、ずざーと腹ばいですべっていく。

それを待ち受けていたミズハが、ひょいと拾って肩に載せた。

「トボガン滑りはお風呂でと言ったのに……ああ、すいませんライカさん。従業員との挨拶は後ほどまとめてしましょう。ひとまず仕事についてご説明します。ベルガールは案内係でして、ロビーからお部屋までお客さまを――」

支配人が話を進めているが、ライカの目は小さなペンギンに釘づけだった。

あんなにかわいい生き物は、写真以外で見たことがない。ミズハの肩でよろよろとバランスを取っている姿に、うっかり腰が抜けそうだ。

「――ほかにコンシェルジュに近い業務もあるんですが……残念ながら担当者が入院しているので、細かいことはミズハさんに聞いてください」

そこでライカは我に返った。

「あの、それってわたしに、ベルガールとして働けということでしょうか」

支配人が体を四十五度に傾けた。どうもきょとんとしているらしい。

「ええと、ミズハさんからはこううかがいました。『ものすごくホスピタリティにあふれて、鳥に憧れる女の子が、職を失って途方に暮れている』と」

いくらか恣意的な気もするけれど、その要約はまあ間違っていない。

「我々の組織は困っている人を見すごせません。そしてホテルマンは真心がすべてです。おまけにライカさんは、初対面でいきなり抱きついてくるくらいにペンギン好きだとわかりました」

あれは跳び蹴りをするつもりで、なんて言えるわけがない。

「いかがでしょう。我々の関係はまさにウィン、ウィン、です」

支配人が左右のひれを順番にかかげた。このひれはペンギンにとって翼であるはずだから、「ウィンウィン」と「ウィングウィング」をかけたのかもしれない。

その冗談のセンスは微妙だけれど、支配人は真面目なペンギンであるようだ。

となると『このまま帰すわけにはいかない』という言葉も、単に人手が足りないからスカウトしただけとも考えられる。世話の焼きすぎでクビになったライカからすれば、ベルガールの仕事はまさにウィンウィンなオファーだ。

だがそれは、ここが普通の職場であった場合に限る。

このペンギンはどうやらホテルの支配人らしいが、それはいわゆる「表の顔」だろう。裏では殺しも請け負う組織のボスだとライカは知っている。

その実情を踏まえると、これは決してウィンウィンな関係ではない。

ライカは実質的に脅迫されているのだ。

この巨大ペンギンに、「仕事をやるから屋上で見たことは忘れろ」と。

そんな脅しには屈したくないが、ライカにはひとつ気になることがある。

ビル屋上でのミズハの言動だ。

ライカが飛び降りるつもりはないと説明したとき、ミズハは『あなたに死ぬ気がないならよかった』と返してきた。その後はおびえるライカを落ち着かせようと、銃をしまって一緒に深呼吸をしてくれた。

ライカは殺し屋ミズハの『仕事』を目撃している。けれどあんな風に他人を思いやる人間がそれをしたことに、どうも違和感がぬぐえない。

「いかがですかライカさん。我々とともに働いてみませんか」

丁寧に問いかけてくる支配人もまた、悪人には見えなかった。いやまあペンギンだけれども。というかペンギンがなぜ言葉をしゃべるのか――ああもう！

謎が多すぎて、考えごとに集中できない。

そこへまた、新たな人物がライカを乱しにやってくる。

「おい、おまえ。やる気がないなら帰れ」

さっき見た目つきの悪いウェイターが、近づいてきてぺこりとお辞儀した。

「ちょっ、ちょっと、アデリーくん」

支配人がひれをぱたぱた振って青年を押しとどめる。『アデリー』というのが彼の名前らしい。あだ名という感じでもないので外国人だろうか。

「いいか？　こっちはランさんがケガして人手が足りないんだ。だから支配人もいないよりはましと思って、おまえみたいな子どもにも声をかけてる」

また知らない名前が出てきたが、それよりも子ども扱いにむっとなる。

「わたし、二十歳です。子どもじゃありません」

「俺だって子どもじゃないが？　コーヒーも飲めるし泳ぐのも速いが？」

唐突なかわいらしいマウンティングに、ライカは思わず吹きだした。

「なっ、なに笑ってんだ！　とにかく俺たち『組織』には、やるべきことがたくさんあるんだよ！　おまえの代わりなんていくらでもいるんだから、無駄に時間を使わせん──ぬあっ」

三白眼（さんぱくがん）気味のアデリーが、突然くわっと目をむいた。

「いってえ！　なにすんだミズハ！」

ミズハがアデリーの耳を引っ張っている。その肩には相変わらず赤ちゃんペンギンが載っていて、機嫌よさそうにぴよぴよ鳴いていた。

「すみません支配人。この子はきつくしかっておきます」

涼しい顔で会釈して、ミズハがアデリーを引きずっていく。

「離せミズハ！　俺を子ども扱いすんな！　くそっ、覚えてろ人間！」

ホテルのロビーに、対象がやたら広範囲なアデリーの捨てぜりふが響いた。

「人間って……自分が悪魔の子とか思いこんじゃってるタイプかな……」

そういえばさっきも妙なマウントを取ってきたし、因縁をつけながらお辞儀していたし。アデリーは中二病的なものをわずらっているのかもしれない。

「いやはや、お騒がせしてしまって……ああっ、もうこんな時間に」

支配人がどこからともなく懐中時計を出し、帰りかけたミズハを呼び戻した。

「お呼びでしょうか支配人」

再びやってきたミズハを見ると、どうしたことか増えている。

肩に載せていた赤ちゃんペンギンが、いつの間にか二羽に。

右肩には先ほどずざーと滑っていた、薄いグレーの子。

左肩には新たに小熊のような、黒いもこもこの子が仏頂面で居座っている。

「たびたびすみません。そろそろ会長のところに顔を出しますので、本部でライカさんに『組織』の説明をお願いできますか」

「かしこまりました」

ミズハが頭を下げると、支配人は「また後ほど」とぺたぺた去っていった。

「ライカ、こっちへ」

肩に二羽のペンギンを載せたまま、ミズハが先に立って歩きだす。

おかげでライカは深く考えず、つられてのこのこついていってしまった。


「ここが本部。座って」

エレベーターに乗り、レストランを通り、やってきたのは厨房（ちゅうぼう）脇の一室だった。

会議室程度の広さの部屋には、中央に高そうな円卓があり、周囲に椅子がたくさん配置されている。ひとつはとてつもなく大きいので、たぶん支配人用だろう。

手近な一脚に腰かけると、隣にミズハが座った。

「好物のはず。食べて」

中華料理店のように円卓が回転し、ライカの前に湯気の立つ器が現れる。

「これは……！」

白い深皿に沈む、にんじん、じゃがいも、鶏もも肉。見慣れた黄色の液体と鼻を刺激するスパイスの香りは、まぎれもなくライカの好物「スープカレー」だ。

「朝食が終わってスタッフは出払ってるけど、まかないの残りがあった」

今日はひなあられしか食べていないので、それなりにおなかは空いている。

とはいえ、素直にいただきますと食べるわけにはいかない。

「なんで、わたしの好物がスープカレーって知ってるんですか……？」

趣味が写真鑑賞とは話したが、それ以上の個人情報を教えた記憶はない。

「ごはんもある。話は食べてから」

すっと別皿の白米が出てきた。ライカの胃袋がペンギンみたいにきゅうと鳴く。

「……本当に食べていいんですか？　これが最後の晩餐とかになりませんか？」

「それはライカ次第」

その言葉は前にも聞いた。そしてあのとき素直に話した結果、ライカの目の前にはかくも芳しいスープカレーがある。

「じゃあいただきますけど、いきなりズドンとかやめてくださいね」

警戒しつつ、ひとさじカレーをすくって食べる。

「……うわ、おいしい！　なまらおいしいですこれ！」

実家にいた頃は食べ歩きもしたくらい、ライカはスープカレーが大好きだ。辛さの好み以外にはずれがない料理なので、いつもこんな風に感動してしまう。

「私も好き。辛さがほどよい」

　ミズハの言葉にうんうんうなずいた。舌はわずかにしびれるけど、ほくほくのじゃがいもや、ほろほろの鶏肉の味がはっきりわかる。エスニック初心者にちょうどいいくらいの辛さで、後を引くおいしさにスプーンが止まらない。

「こっちでこんなにおいしいの、初めて食べました」

　食べ終えると口も胃も幸せで満たされた。これはぜひまた食べたい。

「再開。私たちは秘密結社【ペンギン同盟】。このホテルは組織の隠れ蓑と思っているだろうけれど、実際はコロニー」

　ライカがごちそうさまを言うやいなや、ミズハが淡々とまくし立てた。

「待ってください、ミズハさん。いきなり説明されても覚えられませんよ。まずコロニーってなんですか」

「コロニーは繁殖地。ルッカリーとも言う。いまはホームくらいの意味。持って」

　ミズハがグレーの赤ちゃんペンギンを、ぽんと押しつけてくる。

「えっ、ちょっと、うわ……」

　ぴよりと鳴いて膝に乗ってきたペンギンは、支配人に比べるときちんと鳥の形をしていた。けれどその手触りは、予想していたようなもこもこではない。

「本当に、ぬいぐるみみたいにふわっふわですね……」

おまけにぴよぴよとこちらを見上げるあどけない仕草。庇護欲が人より旺盛なライカとしては、人目がなければ確実に頬ずりしている自信がある。

「うちの子ペンたちは、きれい好きだから」

ミズハは膝の上で小熊ちゃんをうりうりしている。

「『子ペン』……まさか『ホテルコペン』って、そういう意味なんですか？」

「私たちはペンギンのヒナ、幼体のことを子ペンと呼ぶ」

たぶん肯定したのだろう。気のせいか、お互いが膝に抱いている赤ちゃんペンギンもうなずいたように見えた。

「それって、このホテルで子ペンちゃんを飼ってるってことですか」

手の中でぴいぴい鳴いている生き物を見つめる。

もしも水族館のような設備があるなら、ここで働くのも悪くない。こんな風に子ペンと毎日たわむれられたら、多少の悪事には目をつぶったって——。

「……はっ」

ライカは正気に戻った。根っからのペンギン好きではなかったのに、間近で見たらもう離れがたくなっている。恐ろしい。子ペンは魔性の鳥だ。

「私たちは【ペンギン同盟】。ペンギンと人間は同志」

「ええとつまり、飼ってるわけじゃないってことですか」

「【ペンギン同盟】の活動内容は人助け。目指しているのは悪意の根絶。私たちの武器はかわいさと善意。だからホテル業務も大事な仕事。組織の最終目標は――」

「ちょっ、待って待って！　ミズハさんストップ！」

立て板に水の説明をさえぎった。その情報量で混乱する前に、聞き捨てならない言葉を問い詰めなければならない。

「『人助け』って、屋上での出来事もそうだったって言うんですか」

「そう」

「じゃあミズハさんは、『善意』でスキンヘッドの男性を突き落としたと」

「そう」

馬鹿にしているのかと思ったけれど、ひとつの可能性に思い当たる。

「それってまさか、彼が自殺志願者だったとか……？」

「その場合、私たちの仕事は彼の環境を改善すること」

死を止める方向に働くということだろうか。それならばライカの違和感――ミズハが心優しい人物という観察結果とも一致する。

けれど、そんなことはありえない。

「わたしはこの目でちゃんと見ました。あのスキンヘッドの男性は、自らの死を望んでいません。落下間際の表情は、明らかに動揺していました。きっとミズハさんが銃を突きつけて飛び降りろと脅し、それでも渋ったから男性を突き落としたんだと思います。自殺に見せかけて殺すために」

どうして男性が殺されたのかは不明だけれど、あの場面はそう解釈する以外に理解できない。これぱかりは言い逃れできないはずだ。

「細かいところまでよく見てる」

ミズハが誰かに語りかけるように言った。するとライカの手元で子ペンがうなずく素振りを見せ、ミズハが抱えた小熊ちゃんはぷいと顔をそむける。

「ちなみにこれは、こう使う」

ミズハがふところから銃を取りだした。あっと思う間もなく、ライカに向けて引き金が引かれる。しかし発砲音はない。こわごわそろりと目を開ける。

「水鉄砲……だったんですか……？」

銃口から飛んできた液体を、手元の子ペンがくちばしを開けて飲んでいる。

「ライカは木を見て森を見ず」

「な、なんですか、やぶからぼうに」

とっさに言い返したものの、その指摘には自覚があった。

「けれど木のことは本当によく観察している。だから私はスカウトした。【ペンギン同盟】には、あなたのような『善意の人』が必要だから」

「善意って、そんなこと言われても……」

その言葉自体はうれしい。ライカだってできるならコペンで働きたい。

しかし「事実」がそれを阻む。いっそ「殺してない」と言ってくれれば信じることもできるのに、ミズハは否定も肯定もしてくれない。

「迷っているなら、鳥になればいい。ここで待って」

それだけ言うと、ミズハは二羽の子ペンを抱えて本部を出ていった。

「『迷ったら鳥になれ』……」

ライカはミニチュア写真が好きだ。指先ほどの空間にも世界がある。そんな想像をさせてくれる作品を見ると、時間がたつのを忘れてしまう。

日頃も細かいところに目がいくほうだから、人や物事のささいな変化に敏感だ。髪を切ったなんてことはもちろん、仲のいい友人なら化粧水を替えたなんて見えない変化ですらもなんとなくわかる。

けれど、そうした変化がなにを意味しているのかわからない。天体望遠鏡で月のクレーターを眺めていても、星座の存在に気づけないようなものだ。

「お父さんの教えって、本当はそういう意味だったのかな……」

道に迷ったときは、鳥のように空から俯瞰すれば進むべき方向がわかる。それは人生においても同じだと、ミズハは示唆してくれているのだろうか。

「どうもどうも。お待たせしてすみません。ミズハさんから話は聞いたようで」

支配人がミズハと一緒に本部に入ってきた。

「一応うかがいましたけど、半分くらいは意味不明で……」

ペンギンだとか人助けだとか、ミズハの語ったことは現実味にとぼしい。けれど殺し屋の仕事を目撃したという現実もまた、いま思えば非現実的だ。

「細かいところは、仕事をしていく上で判断できると思います。いかがですかライカさん。我々と一緒に働いてみませんか」

支配人がスープカレーの皿を一瞥し、ひれのような翼を差しだしてくる。

現時点ではっきりしているのは、ミズハが男を突き落としたことだ。

けれど当人は人助けだと言い張るし、ライカもミズハが殺し屋とは思えない。

このホテルで働いてみれば、鳥の目を得て矛盾の真意に気づけるだろうか。

そしてまた、あのおいしいスープカレーを食べられるだろうか。

「ライカ、ぼくたちと働こうよう」「やめておけ。もってせいぜい三日だ」

支配人の後ろで、ミズハが二羽の子ペンを使って人形劇を始めた。声もまるで少年と青年のようで、意外な特技を見た気がする。

「まかないおいしかったでしょ？」「今日しか食えないなんて残念だな」

使い分けられたキャラクターの演技に、思わず頬がゆるんでしまう。

「……卑怯ですよ、【ペンギン同盟】。胃袋をつかんで、職を斡旋して、おまけにそこら中に癒やしを配置して」

「申し訳ありません。我々の武器はかわいさと善意だけなので」

支配人が大真面目に言うので、ライカは観念してその翼を握った。

◷

久地は七時に目覚めていた。

早番の日は携帯のアラームを使い、七時半に起きるのが習わしだ。それが三十分も早いということは、前の晩ろくすっぽ眠れなかったことを意味する。

重い体を引き起こし、布団から出て洗面所へ向かう。

鏡に映った顔がひどい。目の下が墨でこすったように真っ黒だ。

「本当に、これでいいのか」

自分の目を見て問いかける。普段はコミュニケーションを避けているからか、自宅にいるとひとりごとが多い。

昨日、社長に横領の嫌疑をかけられた。津田山恭子に勧められ、ほとぼりが冷めるまで病欠する選択をした。それは正しかったのかと悩んだ結果、答えが出ないまま朝を迎えた。

嫌疑をかけられたといっても、実際に横領をしたわけじゃない。後ろめたい過去があるとはいえ、それとこれとは別問題だ。津田山恭子さえ黙っていてくれれば、久地の前科が露見することはそうないように思う。

むしろ早退をしたことで、自分から波風を立ててしまったのかもしれない。

「おびえてる顔だな……やっぱり出社しよう」

昨日は高熱で病院に行ったが、インフルエンザではないと診断された。今朝になって熱も下がったので出社した。言い訳としては十分通る。

休んだのも一日だけだし、さほど不自然にも思われないだろう。

あとは社長と対峙して、細心の注意を払いながら無実を証明すればいい。

一晩中悩んだくせに、結論が出ると早かった。手早く支度をしてアパートを飛びだすと、久地は八時半に出社してタイムカードを押す。

すると、いつもよりもひときわ甲高い女子社員の声が聞こえてきた。

「はぁ？　あいつのせいで、うちらの残業代出ないわけ？」

また給湯室で社長の悪口らしい。毎日飽きないものだと感心する。

「もともと出るかどうかあやしかったけどね。でもあいつが捕まったら、ワンチャン取り戻せるかもって社長が言ってた」

おやと思った。女子社員が言った『あいつ』は、社長と別人らしい。

「あいつあやしかったよね。前からうちらのこと見る目がキモかったし」

「ほんとそれ。前科って下着泥棒らしいよ。マジ最低」

ぎくりとして足が止まった。息を殺して聞き耳を立てる。

「横領のほかにも、久地はいろいろやってるかもって。心当たりがあったら、刑事さんくる前にメモしとくといいよ」

「あっ、あたしのペン盗んだのあいつ？　マジキモい。ほんと無理」

久地は動揺のあまり背負ったリュックを落としかけた。

自分がすでに容疑者扱いされていて、歪曲された前科が知れ渡っている。

おまけに会社は被害届を出したらしい。一日休んだだけで世界が変わっている。

いつの間にか津田山恭子がいた。小声で久地の袖を引いている。

「久地さん、こっちへ」

「すみません。まずいことになりました……」

人の出入りがない倉庫に入ると、津田山恭子は唇を嚙んだ。

「津田山さん、いったいどうなってるんですか」

「久地さんのパソコンを使って、用途不明の出金処理がされていました」

「自分はそんなことやってません！」

「声が大きいです！　お願いだから静かにして！」

泣きそうな顔で津田山恭子が懇願する。

「久地さんがやってないことはわかります。普通はそんなことをしたら真っ先に逃げますから。昨日帰れって言ったのも私ですし」

その通りだ。津田山恭子は自分の過去を知っている。だからこそ久地は犯人でないと言い切ってくれた。この人なら自分の無実を証明できる。

「でも、証拠があるんです。だから社長は警察に連絡しました」

「証拠って……うちのパソコンなんて誰だって使える。パスワードはろくにかかってないし、社員どころか外部の人間だって処理できるはずです」

「そうです。つまり誰かが、久地さんの犯行に見せかけたんですよ」

「見せかけたって……いったい誰がそんなこと」

「わかりませんか？ 私に仕事を頼んだタイミング的に、ほかにいません」

　久地の脳裏に、見たことのない刑事ドラマのシーンがよぎった。

「そうです。社長はあらかじめ私に前科者を探させておいて、事件が発覚すると真っ先に久地さんを問い詰めようとしました。もしも久地さんが否定したら、私に前科を暴露させるつもりだったんでしょう。横領の真偽は関係ありません。社内での信用を失わせてしまえば、久地さんは自ら会社を辞めます。そうやってあなたに濡れ衣を着せて、社長は自分を被害者に仕立て上げようとしたんです」

「社長は俺の前科を知っていたんですね……でもなんでこんなこと」

「社員が噂しているみたいに、夜遊びで浪費したんでしょうね。それで会社のお金に手をつけた。すぐに返すつもりがとうとう残業代まで払えなくなった。いよいよ切羽詰まったので、自分が糾弾される前に身代わりを用意したかったんでしょう。会社のお金を横領した犯人として、自分よりもあやしい人物を」

たとえ普段の言動や人柄に問題があっても、前科というレッテルを貼られた久地と比べれば問題にもならない。誰もが社長に肩入れして久地を罵るだろう。

「ところが、事件発覚の当日に久地さんが休んだ。タイミング的に、社長は久地さんに感づかれたと考えたんじゃないでしょうか？　このままでは、自分が横領したことを久地さんにばらされてしまうと」

「でも被害届なんて出したら、社長は自分の首を絞めることになる」

「ええ。当初は社内で穏便にかたをつけるつもりだったのに、社長はあえて被害届を出しました。これがどういう意味かわかりますか？」

少し考え、自分が導き出した答えに唖然となる。

「本気で俺を犯人にする用意が整った……か」

きっとこれから、久地の犯行を示す証拠がわんさか出てくるだろう。大半は小賢しい小細工だろうが、塵は積もって真実を覆う。

しかしそうなったらもう関係ない。前科が知られた以上は会社にいられないのだから、あとは洗いざらい警察に話すだけだ。

「久地さん、警察にはいかないでくださいね。逮捕されちゃいますから」

表情を読んだのか、津田山恭子は心の内を言い当ててきた。

「一時的にそうなっても、無罪なんだから起訴はされません」

もちろん証拠を調べ終えるまで拘留される可能性はある。しかし現実に横領を行ったのは社長だ。そのくらいは警察が看破してくれる。

「久地さんは幻想に囚われていますね。『日本の警察は優秀だ』って。では年間の冤罪件数を知っていますか？　私は知りません。調べようがないので」

久地だって知らない。けれど発表された数字があったとしても、それを鵜呑みにはできないだろう。自分が無罪だと叫ぶ囚人は多いが、彼らがみな嘘をついていると証明するのは不可能だ。

「たとえ無罪でも、捕まったら有罪になってしまうかもしれないんですよ」

まして久地には前科がある。社長も巧妙に証拠をねつ造するはずだ。

久地が出会った人々は、津田山恭子を除いてみなが偏見の目を向けてきた。

どうしてその偏見が、警察にだけないと言い切れようか――。

「だったら……だったら俺はどうすればいいんだよ！」

なにもせずともあやしまれる。罪をつぐなっても関係ない。これから先もこんな目に遭い続けると思うと、やるせなさで胸が張り裂けそうだった。

実際、パンと音も鳴った。

「しっかりしてください。いま感情的になったら、社長の思うつぼですよ」

久地の頰を張った手はか細い。けれどきちんと痛みがあった。

「逃げましょう、久地さん。さっきはああ言いましたけど、日本の警察はやっぱり優秀です。久地さんを捕まえたら事件をあっさり終わらせるかもしれませんが、捕まらなければ真犯人を見つけてくれるはずです」

「でも、逃げるってどこへ」

「それは……私の家とか……」

この人はどこまで聖人なのかと、あっけにとられた。

「ありがたいですが、これ以上は津田山さんに迷惑をかけられません」

「でも、もう家には帰れませんよ。携帯もGPS？　とかあるかもなんで、処分しなきゃですし。私はひとり暮らしなんで、遠慮は全然いりませんよ？」

「本当に大丈夫です。ネットカフェにでも泊まりますから。ただ甘えさせてもらえるなら、逃げている間の捜査状況を知りたいです」

津田山恭子はいささか不服そうだったが、ひとまず連絡先のメモをくれた。

「それじゃ、久地さん。気をつけてくださいね。刑事さんにはそれとなく社長のことを話してみますが、あまり期待しないでください」

久地はうなずいた。社長には証拠があるが、こちらにはなにもない。津田山恭子が熱心に社長が犯人と説くことで、久地との関係を疑われるのは困る。

「俺はこのまま逃げます。その前に津田山さん、ひとついいですか」

「な、なんですか？ 急にあらたまってなんなんですか？」

薄暗い電灯の下で、津田山恭子はなぜかうろたえている。

「津田山さんは、人がよすぎると思います。俺みたいな人間を、心の底から信用しないでください」

前科者がもう一度罪を犯す確率は低くない。人々が偏見の目を向けるにはそれなりの理由がある。過度な世話焼きは、いつか彼女の身を滅ぼすかもしれない。

「久地さんは……いえ、なんでもないです。それじゃあ先に出ますね」

津田山恭子はまるで怒ったかのように、倉庫のドアをばたんと閉めた。


ライカはいい汗かいていた。

「いらっしゃいませ。ホテルコペンへようこそ！」

コペンの規模は大きくない。ドアマンに車の鍵を預けるなんて優雅なシステムは存在せず、客のほとんどは駅から徒歩でやってくる。チャペルやエステといった特殊な施設もなく、宿泊料金もあくまで「ちょっといいビジネスホテル」という位置づけ。

されどモットーは、「三つ星ホテルに負けない真心こもったおもてなし」だ。

ゆえにベルガールとして働くライカの仕事は、存在しないドアマンの代わりにエントランスまで客を出迎えることから始まる。

「お荷物をお預かりします。どうぞこちらへ」

笑顔でフロントへ誘導し、チェックインがすんだら次はお部屋へご案内。

「それではごゆっくり、おくつろぎください」

深々とお辞儀をしたら、ロビーへとんぼ返りしてまたお出迎え。

これが基本のルーティンだけれど、部屋とロビーの往復は日に数十回ある。

それだけでも肉体的にきついのに、フロント係でコンシェルジュ代理でもあるミズハからは、しょっちゅうイレギュラーな指示が飛んできた。

あるとき、お客さまがお呼びだと言われて部屋を訪ねると、「バーは何時から始まりますか」と問われた。

ライカは「いや電話で聞いてよ……」とは思わず、わかりにくくてすみませんと謝罪した。その上でバーのオープン時刻を伝達し、営業時間が記載されたルームサービスのメニューをそれとなく開いて部屋を出た。

車椅子の老婦人が、「部屋に花がほしい」と頼んできたこともあった。ここでは急いでお使いに、なんてことはせず、ライカは最上階のスイートルームから坂の上にあるフラワーショップまで、車椅子を「ふおぉぅ！」と押していった。長期滞在で退屈していた老婦人は、自分で花を選べたことをとても喜んでくれた。

こうしたライカの対応に、支配人は上機嫌だった。

『我々は高級ホテルではありません。ですがお客さまはちょっといい気分になりたくて、ちょっとだけ奮発してうちを選んでくれています。そんなお客さまに対し、ライカさんのもてなしはまさに三つ星でしたよ』

巨大なコウテイペンギンは、『ナイスワーク！』とひれを突きだした。人間だったら親指を立てるような仕草だ。支配人は真面目なペンギンだけれど、ときどき見せるボディランゲージがお茶目でつい笑ってしまう。

そうして忙しく働きながら、ライカはホテルという職場に感動していた。

かつては解雇の原因だったお節介が、コペンでは前向きに評価される。

効率を考えずひとりの客につきっきりでも、支配人はむしろほめてくれる。

おかげで仕事は大変だけれど、汗をかいても心地がいい。

「これこそサービス業……天職見つかったかも」

感謝の気持ちでロビーを見ると、巨大なコウテイペンギンがぺたぺたと歩きながら拾ったゴミを羽毛の間にしまっていた。

支配人はラウンジ利用だけの客にも深々と頭を下げるし、率先して三つ星のおもてなしを心がけている。このホスピタリティに裏があるとは考えにくい。

いまのところはホテル業務しか見ていないけれど、ライカは【ペンギン同盟】も平和な組織であるような気がしていた。

「それにしても、なんで支配人がペンギンなことに誰もつっこまないの」

ロビーをぺたぺたと歩く、燕尾服を着たような後ろ姿。そのずんぐりクールな印象は愛らしいと言えなくもないけれど、サイズがあまりに巨大すぎる。

そもそも言葉をしゃべる時点でありえないのに、従業員が平然としているのも不思議だ。初めて宿泊する客も目を点にするものの、深く追及する様子はない。

「それはね、ここが日本だからだよー」

ライカのひとりごとに答えたのは、胸に名札をつけた少年だった。

「あ、コガタくん。お疲れさまです」

客室係のコガタは先輩だけれど、十三、四歳の男の子にしか見えない。年齢を尋ねたら「たぶん二十五歳」と妙な冗談を言われたので、とりあえずは「くん」づけで呼ばせてもらっている。

「アー！　これがほかの国だったら、みんなが支配人を囲んで携帯パシャパシャ大騒ぎだろうね。でも日本人は奥ゆかしいから」

コガタは携帯を構えるふりでおどけた。最初の『アー！』はくせなのか、初めて挨拶したときから頻繁に口にしている。

「そうなのかなあ。渋谷とかだったら、やっぱり騒ぎになると思うけど」

「ああいう街にいるのはお子さままでしょ。うちみたいなホテルには、分別のある大人しか泊まらないから」

コガタの見た目で言われると、ませた子どもみたいでおかしい。

「まあ『分別のある』と『奥ゆかしい』は、言い換えれば『見て見ぬ振り』ってことだけどね。おかしいぞって思っても、日本人は表だって騒ぐのは嫌いだから」

ライカ自身もその節はあるというか、いまも抱えた疑問を表に出せないまま流されてしまっている気がする。

「それにね、日本人はペンギンが好きなんだ。ライカ知ってる？　ペンギンって世界で一万羽くらい飼育されてるんだけど、その四分の一が日本にいるんだよ」

ほえーとライカは感心した。その数字とコガタの博識に。

「これってすごくない？」

確かにそうかもしれない。日本に野生のペンギンなんていなかったのに」

確かにそうかもしれない。水族館に行けば簡単に会えるし、日常にもマスコットキャラクターとして多くのペンギンが潜んでいる。南極からはもっとも遠いと言える国なので、この状況はちょっぴり謎だ。

「確かにわたしもペンギンは好きだよ。でも鳥がしゃべるなんてやっぱり――」

「おかしい？　オウムや九官鳥もしゃべるのに？」

「そういえば……じゃあペンギンがしゃべっても……いいのかな？」

論理的にたたみかけられて、ライカは頭が混乱してきた。

「うう……コガタくんはどう思ってるの。支配人がペンギンなこと」

「別にどうも。ライカだって、人間に思うところなんてないでしょ」

「そう言われると……あるような、ないような」

漠然としたことしか浮かんでこない。しかしライカが聞きたかったのはそういうことではなかった。なんだか煙に巻かれたような気がする。

「日本人って、雰囲気に流されやすいよねー。面接のときのライカみたいに」

「面接？ あのときコガタくんいたっけ……あれ？」

顔を見ようとすると、なぜか隣にいたはずのコガタがいない。

どこへ行ったと辺りを見回すと、廊下で灰色の子ペンがきゃっきゃとヘッドスライディングしていた。まさに面接の際にライカが抱えていたあの子だ。

そんな子ペンの後方には、なぜか客室係の制服が点々と落ちている。

「……ったく。散らかしてくれちゃって」

状況を飲みこめないライカの前で、誰かが制服を拾っていた。

「やあライカちゃん。仕事はもう慣れたかい？」

初日に支配人から紹介された、外国人のようなシェフだ。白い歯を輝かせた笑顔はまぶしく、コックコートの胸元は鍛えられた筋肉で盛り上がっている。さぞかし女性にモテるだろうというか、実際お客さまによく写真をせがまれていた。

しかし残念ながら、完璧な色男も名前を聞くと少し脱力する。

「はい。なんとかがんばっています、マカロニさん」

支配人によると、従業員の呼び名は「あだ名」みたいなものらしい。お客さまにも名前を覚えてもらいやすいからと、名札は全員カタカナで表記されていた。

おかげで人生で初めて、ライカの名前も悪目立ちしていない。

「そいつはよかった。困ったことがあったら、俺がいつでも相談に乗るよ。じゃ」

マカロニは制服を抱え、早々に立ち去ろうとした。

「ええと、いままさに困っています。コガタくんが制服を脱いで、ペンギンに変身したような気がするんですけど」

「ハッハー！　ニポンのジョークはオモシロイデスネー」

ブラウンヘアを後方になでつけ、マカロニがおおげさに笑った。

「なんで急にカタコトになるんですか」

「気にしない気にしない。それにこの制服は、コガタのじゃないぜ。ほら」

マカロニに見せられた名札には、確かに別人の名が書かれている。

「あれ……？　さっき見たときは『コガタ』だったのに……」

「すり替えはバレていないはず……噂に違わぬ観察眼と記憶力だな……」

やけに真剣な顔をして、マカロニがなにかぶつぶつ言っている。

「マカロニさん。どうかしました？」

「なんでもないさ。とにかく、人間はペンギンになんて変身しない。イタリアのフットボールと同じで、もはや現代にファンタジーは存在しないのさ。じゃ」

マカロニは制服を抱えたまま、そそくさとどこかへ消えた。

「あやしい……このホテルには謎が多すぎる……」

支配人という巨大なペンギン。殺し屋かもしれないフロント係。そしてペンギンに変身した可能性がある、客室係の少年――。

いささかペンギンに偏っているのは、組織の名前のせいだろうか。

「……秘密結社【ペンギン同盟】」

その目的は人助けだというけれど、本当のところはまだわからない。

『ライカ、お客さま』

インカムにミズハからの指示が入る。フロントを振り返ると、予約のあった外国のツアー客が到着したところだった。

「とりあえず、いまはお仕事お仕事。ハロー、ボンジュール、コニチハ！」

気がかりを抱えながらも、遅番のライカは夜まで労働に忙殺された。

やがて数十組の案内を終え、はあ疲れたとエレベーターに乗りこむ。

「うわっ、びっくりした！」

無人だと思っていたエレベーターの隅に、よく見ると小さな先客がいた。

以前にミズハが肩に載せていた、小熊のような黒い子ペンだ。

「!?」

子ペンのほうも、ライカの悲鳴に驚きのけぞっている。そのもこもこした黒一色の姿と、人間味のある仕草のギャップがかわいらしい。

「そういえば、きみにはまだ触ってなかったね……ふふ」

ライカはにっこり笑いながら、エレベーターの「閉」ボタンを連打した。

「大丈夫、怖くないよ」

密室の中には黒い子ペンと自分だけ。いまなら人目を気にする必要もない。

「ちょっと抱っこするだけ。頬ずりしたいなんて思ってないから。ふふ……」

「……!」

ライカの下心を察知したのか、子ペンがじりじり後ずさった。その動きがまた愛くるしく、もうたまらんと黒い羽毛に手を伸ばす。

「やめろ新人。俺にさわるな」

ライカはびくりとして手を引っこめた。

「えっ、いま小熊ちゃんがしゃべったの?」

「誰が小熊ちゃんだ!」

「小熊ちゃんがしゃべった!」

「しゃべるに決まってるだろ。支配人と同じ……小熊ちゃんじゃない！」

　子ペンが遅れ気味に怒る。確かに支配人もしゃべるペンギンだけれど、あちらはその巨大さから言葉を発してもおかしくない貫禄（かんろく）があった。けれどこのもこもこかわいい小熊ちゃんが日本語を話すなんて、ライカにとっては違和感しかない。

「というかおまえ、俺と話したことあるだろ。いいかげん気づけ」

「その声……アデリー、さん？」

　以前にライカを子ども扱いした、あのメッシュ髪の青年。その声が、いま小熊のような子ペンから発せられている。

「とってつけたような『さん』はいらない。ついでに俺はほかのやつらと違って、もったいつける気もないからな。よく見とけ」

　足下にいた赤ちゃんペンギンが、みるみるうちに大きくなる。

　その背はいつの間にかライカを越え、見覚えのある三白眼と目があった。

「ペンギンが、人間になった……！」

　それが正解かは不明だけれど、いまライカの前にはアデリーが立っている。

「ああ。俺たちは『ペンゲン』だからな」

　耳慣れない言葉に首を傾げたとき、ライカはとんでもないことに気がついた。

「ペンギンは人間に一番近い鳥だ。漢字で『人鳥』とも書くくらいにな。俺たちは二足歩行するし、挨拶の習慣もある。涙だって流す。中でも特に人間に近い種は、ペンゲンと呼ばれるんだよ。人の姿になれたり、言葉をしゃべれたりするやつだ」

「あ、アデリー。あの……その……」

ライカは正面から顔をそむける。

「驚いたか？　正視できないほど気持ち悪いか？　確かに俺たちは、人間の定義に従えばバケモノだ。だが悪いことなんてなにもしてないぞ。むしろ支配人みたいに真心こめて、おまえら人間と向きあってる」

「う、うん。そうじゃなくて……」

いま向きあわれても困るというか。

「だけどおまえらは、どうせ偏見の目を向けるんだろ？　それか好意的な素振りをして、見えないところで弾圧するんだろ？　人間はいつもそうだ。俺たちは組織の仕事をしながら、そんな人間をたくさん見てきた」

「アデリー、わかった。わかったから……」

「なんだよ。違うっていうのか？　言いたいことがあるなら言ってみろよ！」

ドンと壁に手をつかれ、ライカの羞恥心(しゅうちしん)は限界だった。

「服を着れ！」

　密着に近い状態で胸から上しか見えないが、アデリーは明らかに全裸だ。そりゃあ家族以外には使わない方言もほとばしる。

「持ってない。給仕服はレストランだ」

「なっ、なんなの？　裸で出歩くとか露出狂なの？」

「そうじゃない。よく見ろ」

「見るわけないでしょ変態！」

　ライカがそう叫んだ瞬間、視界の隅で肌色が縮んでいく。やがて小熊ちゃんに戻ると思いきや、アデリーは一般的なサイズのペンギンになった。

「これが俺の本来の姿だ。アデリーペンギンくらい知ってるだろ」

　知っている。ガムのパッケージや交通系カードにも描かれている、日本人にはなじみ深いペンギンだ。白と黒のシンプルな配色には、どこか懐かしささえ感じる。

「人間に変身するのは疲れる。だからときどき元の姿に戻る。ホテル内では客の邪魔にならないよう、幼体を維持しろと支配人から言われている」

　いまはリネン室に洗濯物を出した帰りだから裸は当然だと、アデリーペンギンは居丈高にふんぞり返った。

「事情はわかったけど……というかコペンの従業員は、みんなその『ペンゲン』ってやつなの？　コガタくんとか、マカロニさんとか」

「コガタとマカロニはそうだ。だがミズハを始め、働いている多くは人間だ。みんな俺たちの正体を知っているのに、普通に接してくれる組織の仲間だ」

なるほど。あのときマカロニがコガタの服を拾っていたのは、いきなりカミングアウトしてもショックが強すぎると考えたのだろう。全力で隠すつもりはなさそうだったので、マカロニは優しいペンゲンのようだ。

逆に言えば、アデリーはその辺りが鈍感なタイプであるらしい。そういう意味では一番裏表がない人間、いやペンゲンかもしれない。いろいろ聞いてみようか。

「ということは、支配人もペンゲンなの？」

ライカはごくりとつばをのむ。一番大きなコウテイペンギンよりも、さらに巨大なあの姿。あの支配人が人になった容貌なんて、まるで想像がつかない。

「は？　『ファーストペンギン』は俺たちとなにもかも違うが？　ペンギンはたいてい筋肉質なのに、支配人はどんな冬でも越せそうなほど脂肪を蓄えているが？」

話の内容も、なぜキレ気味なのかもよくわからない。質問のしかたが悪かったのかと、ライカは頭の中で言葉を探す。

「で、おまえはどうする。こんな不気味なホテル、さっさと辞めるか？」

アデリーがくちばしを持ち上げライカを見上げた。ペンギンの黒目は感情が読めないけれど、なんとなくさびしそうな印象を受ける。

「辞めないよ。ベルガールは天職っぽいし、まだ鳥の目で見てないし」

ペンギンが人間に変身するなんて、いまも信じられない。けれど最初に支配人を見ているからか、自分でも意外なほどにショックがなかった。

「『鳥の目』？　なんだそれ」

「とりあえず、わたしはペンギンが好きだよ。たぶんペンゲンも」

アデリーがふんと鼻を鳴らしてそっぽを向く。

人間の姿はともかく、小熊ちゃんのときやいまのアデリーはかわいいと感じる。変身に対する衝撃があまりないのも、さっきコガタが言っていた『日本人ペンギン好きすぎ説』が正解なのかもしれない。

「アデリー、もっとペンゲンのこと教えてよ」

「なんでだよ」

「一緒に働く仲間のことは知っておきたいもの」

「仲間……」

もとから丸いペンギンの目が、きゅっといっそう丸くなった。

「うん。ほかにも組織のこととかも」

支配人はいつも忙しいし、ミズハは必要なこと以外しゃべらない。コガタもマカロニもあの調子だから、聞くならアデリーが適任だ。

「面倒だから嫌だ。というか自分の目で確かめるべきことだろ」

それはその通りだけれど、少しくらいはヒントをくれたっていいのに。

ライカがやきもきしていると、エレベーターのドアが開いた。

「ちょうどいい。たぶん俺たちの仕事だ」

アデリーがくいっと頭を持ち上げ、くちばしでエントランスを示す。

そこへ帽子にマスクのあやしい男が、背後を気にしながらホテルへ入ってきた。

◷

久地は二十一時にログインした。

ネットカフェのパソコンにヘッドセットを接続し、ひとりしか登録されていないフレンドリストを見つめる。

津田山恭子が教えてくれた連絡先は、剣と魔法の世界を冒険するネットゲームのアカウントだった。国内ではもっともプレイ人口が多いらしく、どこのネットカフェに行っても端末にインストールされている。おかげで防音室さえキープできれば、容易に音声で情報交換することができた。

今日は三月五日で、都合四回目の定時連絡になる。

土地勘のあるエリアはそれほど多くないので、また望口に戻ってきた。「灯台もと暗し」は逃亡時に有効だと、房仲間から聞いている。

津田山恭子のキャラクター【KT】は、まだステータスが「オフライン」状態だった。通常【KT】がログインするのは二十二時だ。久地はボイスチャットの設定に手間取るので早めにログインしたが、今日はトラブルもなく準備が終わった。

おかげでひまを持て余しているが、どうもゲームやマンガで時間をつぶす気になれない。そのくせ手は無意識に、とうに捨てたスマートフォンを探している。

「俺は、いったいなにをやっているんだ」

防音室の気安さか、自宅にいるときのようなひとりごとが出る。収監された日から口癖になっている言葉だ。その後にはこう続く。

「どうして、こんな人生を送っているんだ」

『どうしてなんですか？』

予想してない返事があった。

「……津田山さん、早いですね」

『ステータスがオフラインなだけで、実はさっきからいたんですよ。ソロでオンラインにしておくと、ナンパが多くて』

よくわからないが、ゲーム上はそういうシステムらしい。

『久地さん。まだ二十二時前なんで、今日はちょっとおしゃべりしませんか。いつもみたいな捜査の進捗とかじゃなくて、もっと普通のことを』

「普通、ですか」

『たとえば、さっきのひとりごとの続きとか』

ゲーム画面に変化があった。久地のキャラクターが立っている草原に、突然猫に似た女性が転移してくる。名前は【KT】と表示されていた。

『F8キーを押してみてください』

言われた通りにすると、久地のキャラクターは池のほとりにしゃがみこんだ。すぐ隣に【KT】が並んで座る。

『ほら。こうしていると、なにかしゃべりたくなりませんか』

「まあ……そうですね。でも話すことがありません」

『秘密主義ですね』

「違います。津田山さんも知っているからです」

久地がいまの人生を送っている理由は明白だ。

過去に人を殴ってケガをさせた。だから自分はこんな目に遭っている。ネットで記事を調べた津田山恭子は、それを知っているはずだ。

『前科は知っています。でも、久地さんが事件を起こした理由はわかりません』

「俺にも、はっきりとはわかりません」

『どういうことですか？　興味あります。聞きたいです』

せき立てられて躊躇（ちゅうちょ）したが、久地は話すことにした。津田山恭子には世話になりっぱなしだし、久地自身も逃亡生活に疲れて吐きだしたい欲求があった。

「俺は、高校を三年のときに中退しました」

成績はよくなかったが、素行も別段悪くない。

久地が高校を退学した理由は、思春期にありがちな集団生活への冷笑的態度、及びそこからくる無気力による、「学校めんどくせぇ」だった。

親は特に反対しなかった。というより久地は放任されていた。両親は団地住まいの共働きで、顔をあわせての会話は少ない。

代わりに、妹が猛烈に怒った。

ふたつ下で高一の妹とは、互いが思春期を迎えるまでは仲がよかった。その後は険悪ではないものの、両親と同じく家族としてのつきあいしかない。

そんな程度の間柄だった妹が、なぜか感情をむき出しにして久地を批判した。「将来はどうするの」とか、「三年生ならあと少し我慢するだけなのに」と、兄の計画性のなさをなじった。

降って湧いた妹の激昂に戸惑うも、もう辞めてしまったのだからしかたがない。ただ妹が自分を心配してくれた事実に、罪悪感に似たいらだちを覚えた。

それからしばらくして、久地は働き始める。家にいても退屈なだけなので、近所でポスティングのバイトをすることにしたのだ。

仕事には自前の原付を利用した。作業は早ければ数時間で終わるので、帰りは気の向くままに知らない道を走る。それが唯一の趣味らしい趣味だ。

だからその日に久地が妹を見かけたのは、完全に偶然だった。コンビニから出てきた姿を見留めてから、ここが妹の通う女子校のそばと気づいたくらいだ。

妹はコンビニ袋を下げていた。ちょうど昼食時だったので、早弁をして足りなくなったのだろう。そう思ったのは久地にも同じ経験があるからだ。

それにしても一番でかいビニール袋とは――。

そう笑いかけて、違和感に気づく。

しかし思いすごしだろうと、その日は家に帰った。

夕方になって帰宅した妹の様子は、いつもとさほど変わらない。

しかし気になったので、久地は翌日も同じ時間にコンビニを見張った。

はたして妹はやってきた。コンビニで大量にスナック菓子を買うと、妹はまた学校へ戻っていった。疑念が次第に確信に変わる。

さらに翌日、三度目の買い物を目撃したので、久地は夜に妹の部屋を訪ねた。

「なあ。なにか困っていることはないか」

妹は怪訝な表情で久地を見つめた。しかしすぐに気恥ずかしそうにうつむく。

「……別にないけど」

「学校でたかられて、金に困っているんじゃないか」

妹がはっとなって顔を上げた。

「見たの？」

「コンビニで大量に菓子を買っていたな。いじめられているのか」

「違うし！　じゃんけんで負けただけだから！」

「三日も続けてか」

妹は唇を噛んだ。どうやら久地の推理は当たっていたらしい。

「俺でよければ、相談に乗るぞ」

「ほっといてよ！　お兄ちゃんには関係ないでしょ！」

「関係あるんじゃないか。おまえだって、俺が学校を辞めたら怒っただろ」

「関係ないから怒ったんだよ！　いまさらお兄ちゃんヅラしないで！」

言っている意味がよくわからないが、後半部分はもっともだと思う。

「わかった。また日をあらためて話そう」

「もういいから出てって！　お母さんたちに言ったら、一生恨むから！」

自室に戻って考える。妹が面倒な状態にあるのは間違いないだろう。しかし親に相談するつもりはないらしい。とはいえ独力で解決するのは難しい問題だ。

久地は翌日もコンビニを見張った。しかし妹は現れなかった。

昨日の今日で問題が解決するはずもない。おそらくは菓子を買う時間帯を変えたのだろう。兄に見られるのを避けたに違いない。

久地は腹が立った。理由はうまく説明できない。

しかし攻撃的な負の感情は、妹ではなく自分に向いていた気がする。

事件が起こったのは、その日の帰りだった。

帰宅して原付を降りようとしたところ、自分のスペースにすでにバイクが駐車されていた。

この団地はエンジンがついていれば、二輪車でも駐車場代を払うシステムになっている。つまりここは久地の場所であり、このバイクは完全な違法駐車だ。

久地は警察に連絡した。こんなことで通報するのは迷惑かと思ったが、電話の対応は丁寧だった。近くの派出所から警官を派遣してくれるらしい。

しばらく待っているとやってきた。警官ではなくバイクの持ち主が。

そこから先はよく覚えていない。

唯一鮮明な記憶があるのは、パトカーの中で見た赤く乾いた自分の拳だけだ。

「それで収監されました。逮捕時は未成年だったので、少年刑務所です」

それまでろくにケンカもしたことがないのに、久地はバイクの持ち主に重傷を負わせてしまった。相手はしばらく仕事に戻れなかったという。

『お疲れさまでした。刑務所では反省の日々でしたか？』

ヘッドセットから津田山恭子の声がする。ゲーム画面では【KT】が、久地のキャラクターに肩をたたくアクションをしていた。

「はい。本当に申し訳ないことをしたと、毎日心で詫びていました」

『その気持ちは本心だと思います。久地さんってときどき、一人称が「自分」になりますよね。きっと模範囚だったんでしょう』

久地はブースの中で悶えていた。自覚がない行動を指摘されると、人はとたんに恥ずかしくなる。

『でも久地さん。自分自身を見つめ直すことはできなかったみたいですね』

「どういう意味ですか」

『だって、自分がなぜそんなことをしたのかわからないんでしょう？』

わからない。だが一応の説明はできる。

「裁判所にいた大人たちは、『退学や不安定な生活のストレスが重なってキレてしまった』と言っていました。そういうことだと思います」

『それもあるんでしょうね。でも私は、久地さんがふてくされて人との関わりを避けていたからだと思いますよ』

「それは今の俺であって、あの事件とは関係ありません」

『知ってますか？ たいていの悩みって、誰かに相談するだけで解決するんです』

そんな相手は、もはや家族を含めてひとりもいない。

そう考える久地の心を見透かしたように、津田山恭子は続ける。

『前にも言いましたけど、人って変わるんですよ。久地さんの場合はきっとこれからです。もっと早く変わっていれば、いまみたいに逃亡生活を送ることもなかったかもしれませんね』

高校生の頃から成長していないと言いたいのだろうか。どうもさっきから、津田山恭子は的外れなことばかり口にしている。

「津田山さん。捜査の進展はどうなっていますか」

話題を変えると、画面の中の【KT】が大げさに肩をすくめた。

『とりあえず、刑事さんたちが頻繁に社長を訪ねてきてますよ。具合が悪いことでもあるのか、社長は居留守を使うことが多いです』

朗報とは言い切れないが、それでも前に進んでいる気はする。

『よかったですね、久地さん。そろそろこの生活も終わるかもですよ』

「それだったら、もう少しいいところに泊まればよかったかな」

『大きなお風呂に入りたいんでしょう?』

津田山恭子はくすくす笑った。本当にこの人は自分のことをわかっている。

一方で、自分は津田山恭子のことをなにも知らない。

そう思った久地の心に、罪悪感じみた情が芽生えた。

「津田山さん。好きな食べ物はありますか」

『え? どうしたんですか急に』

「いままでお世話になった分、全部終わったらご馳走させてください」

『そんな、いいですよ』

「それじゃ自分の気がすみません!」

津田山恭子が吹きだした。久地も『自分』に気づいて苦く笑う。

『私が好きな食べ物は……サンドイッチ。うん、サンドイッチです。いつかこういうところで、ピクニックしたいなあって思ってます』

パソコンの画面では、互いのキャラクターが寄り添い水面を見つめていた。

「悲しいな。安月給だと気を使われている」

『同じ会社ですから。でもピクニックしたいのは本当ですよ』

「じゃあ行きましょう。春になったら迎えにいきます」

なぜか返事がなかった。マイクの不調かもしれないと名前を呼びかける。

『……はい。素敵ですね。それじゃあ、おやすみなさい』

津田山恭子は、なぜかいそいそとログアウトして消えた。

「トイレにでも行きたかったのかな」

まあいいかとヘッドセットをはずし、毛布をかぶって目を閉じる。

しかし妙に気分が高揚してしまい、まったく眠気を感じない。

うまくすれば、近日中には元の生活に戻れる。そう考えていたのもあるが、純粋に津田山恭子との会話が楽しかった。コミュニケーションに飢えていたというより、望外の親切を受けて好意を持ってしまった気もする。

「ちょっと夜風にでも当たるか。ついでにコインランドリーも」

ほろ酔いじみた感覚の扱いに困り、久地はキャップをかぶってマスクをつけた。着替えの入ったリュックを背負い、受付で一時外出の旨を告げる。

さてと店を出ようとしたところで、ふたり組の男性客とすれ違った。

瞬間、首の周辺がざわざわと粟立つ。

まだ終電のある時間帯のネットカフェに、中年と若者の組みあわせ。なにか事情があるのかもしれないが、日頃から後ろめたさを抱える人間は違和感に過敏だ。

「ああ、悪いが客じゃないんだ。店員さん。こいつに見覚えはないか」

久地の背後で、中年と思しき男が聞きこみをしている。

「あ、そこの帽子のお兄さん。出ていく前にちょっと……って、おい！」

若いほうに声をかけられるやいなや、久地は逃走していた。

夜の街をがむしゃらに走る。日頃から散歩しているので道は詳しい。

人気のない路地裏を通った。ゴミ箱にぶつかりながら廃ビルへ身を隠す。

「くそっ！　どこへ逃げやがった！　おい小林、あっちだ」

刑事らしき男たちの足音が遠ざかると、久地はへなへなと床に座りこんだ。

肩で息をしながら考える。横領なんてたいした事件ではない。しかしネットカフェをピンポイントで見つけられたことを考えると、それなりの人数が捜査に関わっていると考えるべきだ。きっと逃げられない。もうどこへも行けない――。

「俺は、いったいなにをやっているんだ……」

口癖と涙がこぼれる。しかし「どうしてこんな人生を送っているんだ」の自問は続かなかった。わかりきった答えよりも、純粋な思いが口をつく。

「ピクニック、行きたかったな」

それももうかなわぬ夢かと、自嘲して立ち上がる。

廃ビルを出てあてもなく街をさまよっていると、遠くに明るい建物が見えた。吸い寄せられるようにふらふらと近づく。

ライトアップされた壁面のプレートに、「ＨＯＴＥＬ　ＣＯＰＥＮ」と金色の文字が刻まれていた。望口では名の知れたホテルだ。朝食ビュッフェと大浴場で地元民にも評判がいいと、無料のタウン誌で読んだ記憶がある。

「俺にかなえられる夢は、もうそれくらいか」

再び自分を嗤(わら)い、辺りを警戒しながら小走りでエントランスへ向かう。

「いらっしゃいませ。ホテルコペンへようこそ！」

若い女性が出迎えてくれた。タウン誌で「ベルガールが丁寧にお出迎え」と、写真にキャプションが添えられていたのを思いだす。この時間でも高いテンションに面食らうが、まっすぐな笑顔を向けられると悪い気はしない。

「部屋はありますか」

うってかわって表情のないフロント係に尋ねると、手頃な価格の空きがあった。

「お荷物お預かりします。どうぞこちらへ」

チェックインを終えるとベルガールが案内してくれる。あの程度の料金で申し訳ないと思いつつ、ヘッドセットと着替えだけが入ったリュックを渡した。

「お部屋は五階の七号室になります。大浴場は三階、レストランは二階――」

一階でエレベーターを待っている間、ベルガールが説明してくれる。

「お客さま、申し訳ございません。こちらのエレベーター、ときどき巨大なペンギンが出てきますので、端に寄ってしゃがんでいただけますか」

なにかの聞き間違いかと思うも、ベルガールは微笑んでいた。

まったくもって意味不明だが、無用なトラブルは避けたい。久地は素直に扉の正面から離れ、昇降ボタン近くにあった観葉植物のそばにかがみこんだ。

するとそのタイミングで、ロビーがざわつき始める。

「帽子にマスクの男を見ませんでしたか！」

聞こえた声に、久地の心臓が跳ね上がる。観葉植物の隙間からのぞき見ると、さっきの刑事たちがロビーにいた。若いほうが写真を見せてわめいているようだが、冷淡なフロント係はなぜか目を閉じ相手にしない。

かたやの年配刑事は腕組みをし、しかめっ面でホテル内を見回していた。

「お客さま、しゃがみ歩きでどうぞ」

到着したエレベーターにいそいそと乗りこむ。ドアが閉まると久地は大きく息を吐いた。もしかしたら、「助かった」とつぶやいていたかもしれない。

あのときベルガールに言われて観葉植物のそばでしゃがんでいなければ、大柄な久地は刑事に発見されていただろう。こんな幸運は初めてだ。

「朝食はレストラン【クレイシュ】で、六時からご用意しています。大浴場のご利用は午前十時までとなっていますので、くれぐれもご注意ください」

部屋に荷物を運び終えると、ベルガールは笑顔で去っていった。

「とりあえず……風呂へ行くか」

刑事たちのことは気になるが、どうせ捕まるのなら最後に足を伸ばして湯に浸かりたい。このホテルへ泊まったのもそれが目的だ。

腹をくくって部屋を出る。ボタンを押してエレベーターを待つ。

チンと音がして扉が開いた瞬間、久地は驚愕で固まった。

エレベーターの中に、巨大なペンギンがいる。見間違いかと目をこすったが、なんど確認してもペンギンは箱の中で窮屈そうにしていた。

「すみません。いささか狭いかもしれませんが、どうぞどうぞ」

ペンギンが恐縮した様子でちぢこまり、久地のスペースを空けてくれる。

「ど、どうも。ありがとうございます」

久地はエレベーターに乗った。

冷静に考えればこいつは着ぐるみだろう。ベルガールもペンギンがどうのと言っていたし、マスコットかなにかだと見当をつける。

「久地さまは、これからご入浴ですか」

巨大ペンギンが話しかけてきた。しゃべってもいいマスコットらしい。

「ええ、まあ」

「よろしければ、お背中を流しましょうか」

「えっ、いや、大丈夫ですよ」

着ぐるみが濡れたらまずいだろうに。それとも単なる冗談だろうか。

「そうですか。失礼ながら久地さまは、これが最後のお風呂と考えていらっしゃるようなので。お手伝いできれば光栄と思っていたんですが」

ぞっとして隣を見たが、着ぐるみに表情があるはずもない。

「なんで……俺がそう考えていると思ったんですか」

「ホテルマンなら誰でもわかります。滞在中に心からくつろいでいただくべく、我々はお客さまのことだけ考えていますから。可能であれば外部の不安からもお守りしますし、願いの成就もお手伝いさせていただきます」

よくある上辺の言葉かと思ったが、後半部分の真意に気づく。

刑事に聞きこみされたフロント係は、写真を見ようともしなかった。部屋へ案内してくれたベルガールは、久地をかくまうように観葉植物のそばへ移動させた。

このペンギンもさっきから、久地を「お客さま」ではなく名前で呼んでいる。建前ではない。ホテルコペンの従業員は、みなが本気で客を守ろうとしている。久地が追われている理由さえ聞かずに。

「まあそんなことを言って、本当は我々がお風呂好きなだけなんですけどね。当ホテルのルールでは、お客さまの希望があれば従業員も入浴できますので」

ペンギンがぺちんと翼で頭をたたいた。ここまでしてもらった上に、そんな風に言われたら断れない。

「じゃあ、お願いします」

うれしそうに風呂の説明をするペンギンと向かった大浴場は、噂通りに素晴らしかった。サッカーができるほどの空間にさまざまな浴槽が配置されており、洗い場も広々していてほかの客が視界に入らない。

一緒に入ったのがペンギンというのもよかった。久地は「裸のつきあい」が苦手だったが、相手が人でなければそれも気にならない。最初は着ぐるみが濡れて中の人が困らないかとひやひやしたが、ペンギンは終始ご機嫌だった。

そうしていざ背中を流してもらうと、久地はその心地よさに感動した。最後に背中を洗われたのは幼児の頃だからか、あるいはペンギンの力加減が絶妙なのか、汚れはもちろん疲れや毒気までが消えていく気がする。女性がエステを好む理由がよくわかるなと、男のくせにうっとりしてしまった。

「いかがでしたか。当ホテルのお風呂は」

しめに入った薬草風呂で、頭上にバスタオルを載せたペンギンが尋ねてくる。

「大満足です。人生で最高の風呂でした」

自分が笑顔になっているのがわかる。決してリップサービスなどではなく、「もうこれで思い残すことはない」と言いそうになったほどだ。

「知っていますか。悩みごとは、誰かに話すだけで解決するものです」

久地の顔色から察したらしい。ホテルマンは本当にあなどれない。

「ごく最近、信頼する人からも同じことを言われました」

できるなら津田山恭子との約束をはたしたい。それが無理なら最後にひと目でいいから会いたい。そんな願いに近い悩みが、久地の心に思い浮かぶ。

「久地さま。よろしければ明日、朝食をご一緒しませんか」

「朝食、ですか」

「我々にご相談いただければ、きっとお役に立てると思います」

ペンギンが右の翼を差しだしてきた。たとえどんな無理難題でも、このホテルマンならと思わないでもない。

それ以前に、今夜は人から受けた好意を断りたくない気分だった。

「それでは明朝、レストランでお待ちしています。おやすみなさいませ」

久地が翼を握ると、ペンギンは頭を下げて去っていった。

部屋に戻り、はてしなくやわらかいベッドにもぐりこむ。

ネットカフェでの会話を思い返した。

自分では事件が人生を悪化させたと思っていたが、津田山恭子は否定している。久地の不遇の原因は、ふてくされて人との関わりを避けていたからだと。

「誰かと交わることを恐れなければ、俺はもっとましな人生を送れたのか……？」

最後に会ったペンギンを思いだしながら、久地は深い眠りに落ちた。


ライカはじゅるりとよだれをすすった。

マカロニが焼いてくれたオムレツはまるで宣材写真のようで、理想的に成形された卵がつやつや光っている。ベーコンもソーセージも食欲をそそる焼き具合だし、サラダもきゅうりやトマトがひたすら瑞々しい。

見ているだけでも幸せな朝食。そこへ焼きたてパンの香りまでただよってきたのだからたまらない。ロールパンにクロワッサン、断面の白がまぶしいバゲット。あたたかい香ばしさに刺激され、ライカの口元からまた欲望がこぼれる。

「うまそうだろ？　向こうに遠慮しないで食べてくれていいぞ」

いまにもテーブルをかじりだしそうなライカに、マカロニがウィンクした。

「いただきます！」

目についた料理を端から口へ運ぶ。どれもが想像通りにおいしくて、次を求める手が止まらない。そこへアデリーが追加を運んでくる。

「がっつくな。まだいくらでもある」

さわらの西京焼きに筑前煮。おぼろ豆腐に明太子。二日酔いの人が泣いて喜びそうなおかゆには、トッピングにザーサイや梅干しが用意されている。

「それよりも、ちゃんと話を聞いておけ新人」

舌つづみをぽんぽこ打ち鳴らすライカに、アデリーがちくりと釘を刺した。

ここはコペンのレストラン【クレイシュ】——のキッチン脇にある、【ペンギン同盟】の本部だ。普段は休憩したりまかないを食べる場所だけれど、有事の際には朝食を取りながらの作戦会議室になるらしい。

現在巨大な円卓には、支配人と昨夜の客が向きあっている。ライカはスープカレーをおかわりするか迷いながら、長い話の終わりを待っていた。

「——そういうわけで、自分は警察から追われている身です。ですがもしも許されるなら、ひと目でいいから津田山さんに会いたいです」

久地と名乗った男性客は、生い立ちから始めて現在の状況をつぶさに語った。まるで人に打ち明けるのが初めてのように、たどたどしく、けれど詳細に。

「ずいぶんぺらぺらしゃべったけどー、ぼくたちのこと信用していいの？」

ライカも感じた素朴な疑問を、隣席のコガタがずばりと聞いた。

「はい。ベルガールさんや、フロント係の女性が守ってくれたこと。そしてとりわけ支配人からのもてなしに、自分は心から感動しました。たとえこの場で警察に引き渡されても、ホテルマンのみなさんに感謝こそすれ恨んだりしません」

久地は昨晩に支配人と出会い、大浴場で背中をぺちぺち流されたらしい。その結果がこうして組織に仕事を依頼する形になったようだ。

ところでライカが久地を守ったのは、ホテルマンの使命なんてたいそうなことを考えていたわけではない。相手が善人か悪人かも棚に置き、いまこの瞬間に久地を助けられるのは自分しかいないと思っての行動だった。

「当ホテルをおほめいただき光栄です」

支配人がぺこりと頭を下げたので、従業員一同もそれにならう。

「ですが我々は、久地さんを警察に引き渡したりしません。【ペンギン同盟】は、いつでもお客さまの幸せを願っています」

「そうさ。お望みとあらば、真犯人を捕まえるのも朝飯前ってな」

マカロニが髪をかき上げかっこうつけると、「じゃあこれなに飯？」とコガタが円卓の料理をさして笑う。

「みなさん、ありがとうございます。でも社長を逮捕するには、たぶん証拠がありません。俺は津田山さんに会って、最後に礼を伝えられれば十分です」

久地の言葉を聞いて、組織の面々がざわめいた。

「おいおい、冗談だろ？　久地さん、あんた人がよすぎるぜ」

「ほんとほんと。こんなのどう考えても、津田山恭子が犯人なのに」

マカロニとコガタの会話を聞いて、ライカは「ええっ⁉」と声を上げた。

「津田山さんが犯人……？」

　久地も信じられないという顔をしている。

「あなたの逃亡を手伝ったのも、津田山さんの『ねつ造』のひとつ。犯人じゃないのに逃げる必要はないから、警察はそもそもあなた以外を探してない」

「もしもあんたが捕まっても、迷惑をかけまいと女の名前は出さないだろ。相手はそれも狙って、好意的な態度で接してきたはずだ」

　ミズハが真実を暴露し、アデリーがとどめをさした。

「なんでライカまでびっくりしてるの。全体が見えない当事者じゃないのに」

　コガタに笑われ、ライカは自らの視野がいかにせまいか思い知る。

　確かにいくつかおかしいとは思っていた。津田山恭子は久地のことを『潔癖』ではなく『清潔』と称しているし、風呂好きであることも言い当てている。だから接触前から観察していたとはわかるけれど、それは「別の理由」からだと思っていた。

　しかし津田山恭子が犯人となると、ちょっとしっくりこないことがある。

「コガタくん教えて。昨日刑事さんたちがホテルに現れたのって……」

「タイミング的に見て、津田山恭子がタレコミしたんでしょ。最初はネカフェに向かわせて、逃げられたら大きな風呂を探せとか言ったんじゃない？」

やっぱりだ。タレコミの内容はともかく、そのタイミングは絶対におかしい。ライカに言わせれば、津田山恭子の行動はまるで犯人らしくない。

「津田山さんが……そんな……」

久地は絶句している。ようやく心を許した相手に裏切られたのだから、そのショックはいかほどだろうか。

その傷心に配慮してか、支配人が穏やかに語りかける。

「久地さん、落ち着いて聞いてください。現在午前十時です。コガタくんが調べてくれたんですが、津田山さんは新横浜(しんよこはま)十一時発の新幹線を予約しています」

なにそれすごいと、隣のコガタを見る。膝に載せているノートパソコンに、意味不明な文字列が並んでいた。ハッキングとかそういうやつだろうか。

「こっちが気づいたことに気づいたな。だがすぐ追いかければ間にあうぞ」

マカロニが返事を急(せ)かすように久地を見る。

「みなさんを疑いたくないですが、俺には津田山さんが犯人とは信じられません」

久地の立場ならそう思うだろう。この組織のほうが百倍あやしい。

「人間ってのはいつもそうだ。自分の目で真実を確かめもしないで、単なる思いこみで噂に踊る。あんたは誰よりもそれを知ってるだろ」

アデリーが吐き捨てるように言った。

その言葉は久地だけでなく、ライカにもぷすっと刺さる。組織があやしいと思ってしまうのは、自分の目で確かめていないからだ。

「俺は……」

自分の過去を振り返るように、久地は両手を見つめている。

「自分は……この目であの人の真実を確かめたいです」

「我々【ペンギン同盟】が、しかとおもてなしさせていただきます」

支配人が自分のおなかを見るくらい頭を下げ、翼をぱたぱたはためかせた。組織の面々も同様に腕を動かしたので、ライカもぎこちなくまねをする。

「それではみなさん、準備をお願いします」

支配人が言うと、「ライカはこっち」とミズハに手を引かれた。

「これに着替えて。それから無線」

従業員用の更衣室で、ミズハが制服を脱ぎ始める。

「これって、殺し屋の……」

手渡された黒いスーツとイヤホンを見て、あの日の光景を思い返した。

「『迷ったら鳥になれ』。いまがそのとき」

その通りだ。ライカはきりりと顔を引き締め、黒いスーツに身を包む。

しかし鏡に映った自分を見ると、ぷしゅうと気持ちが萎えてしまった。

「わたし、ペンギンみたいですね……」

いくら小柄で童顔とは言え、子ペンを連想させる自分に軽く落ちこむ。

「……っ。このネクタイは風になびくと、ケープペンギンの模様になる」

「ミズハさん、いま笑いませんでした？」

「笑ってない。早く支度」

悔しいくらい黒が似あうミズハにせっつかれ、渋々にエントランスへ出た。

すでに支配人とアデリーと久地、そしてコガタとマカロニと久地が待っている。

さすがに男性陣はスーツ姿がさまになっていた。ライカと身長が変わらないコガタすらぴしっと見えて、ちょっと納得がいかない。

「それでは二班に分かれます。トビウオ班はランデブー地点に。ニセクロナマコ班は陽動を担当してください。コガタくんは本部でサポートをお願いします」

支配人がてきぱき指示を出すと、全員が「アー！」と動きだした。

やがて目の前のバスロータリーに、真っ赤なオープンカーが停車する。マカロニと久地が乗ったので、おそらくこれで新横浜へ向かうのだろう。

「ライカはこっち。久地さんの後ろについて」

「でもミズハさん。いま久地さん車に乗りましたけど……あれ？　えっ？」

なぜか目の前に久地がいた。振り返ってオープンカーを見ると、ハンドルを握るマカロニの隣にもやはり久地がいる。

「あっちはヒゲさんで、こっちが本物だ。行くぞ新人」

混乱するライカをよそに、アデリーが駅に向かって歩きだした。

まさか電車で行くのだろうか。確かに望口から新横浜までは一時間かからないけれど、警察に追われる久地との移動は困難だ。なにしろ全員が真昼に目立つ黒スーツだし、支配人がいるだけで注目は避けられない。

「……あれ？　そういえば支配人は？」

ライカの前を歩くのはアデリーと久地、背後にはミズハしかいなかった。

『アー！　こちらコガタ。トビウオ班、聞こえますかー』

耳元から無邪気な声がして、アデリーが「アー」と応じる。

『追っ手は現在、メクジラさんがそっちに向かってる。若手のコバンくんはマカロニたちがうまく引っかけた。どーぞ』

「面倒なほうがこっちにきたか。走るぞ」

言ってアデリーが駆けだした。待って待ってと慌てて追う。

すぐに望口駅へ着いたが、アデリーは改札を通らずに反対の出口へ進んだ。

あっちには古い飲食店が並ぶ横町しかない。新横浜がどんどん遠ざかる。

『追いついてきたよ。ライカ、走りざまに立ち飲み屋の客をつついて』

意味がまったくわからない。しかし考える余裕などないので、ライカは昼間から赤い顔をしている老人の肩をつついて逃げた。

「……ん？　おお、メクジラの旦那じゃねぇか。いいところへきなすった」

走りながら振り返ると、久地を追ってきた刑事が老人に腕をつかまれている。いつの間にかすぐそばまで迫っていたらしい。

「離せジジイ！　公務執行妨害でしょっぴくぞ！」

「なにを急いでるか知らねぇが、人生とハンコ彫りは時間をかけてなんぼだぜ」

「そうだそうだ。かけつけ三十杯といきやしょうや」

酔っぱらいたちがコップ酒を押しつけ、メクジラ刑事の動きを封じている。

『これでぼくの仕事はおーわり。じゃ、なるべく急いでねー』

コガタが時間を稼いでくれたおかげで、一行はメクジラ刑事に追いつかれることなく夕子（ゆうべこ）神社へたどり着いた。

「……って、なんで神社なんかきたの！　新横浜は逆方向だよ！」

「いいんだよ。ここがランデブー地点だ」

ライカを鼻であしらって、アデリーが地面に空いた巨大な穴に入っていく。

なぜ境内にこんな穴がと中をのぞくと、ハシゴのようなものが見えた。どうやら規格外に巨大なマンホールらしい。

「まさか下水道を通っていくの？　それが近道になるなんて映画だけだよ！」

あれだけ久地を期待させておいて、会えないなんてあんまりだ。

「大丈夫です、ライカさん。我々は必ず間に合います」

はしごを下りると耳慣れた声がした。暗がりをミズハがライトで照らすと、でんと巨大なコウテイペンギンが片ひれを振っている。

「でも支配人、もう鳥みたいに空でも飛ばないと間にあいませんよ！　たいへん遺憾ですけど、ペンギンには無理です！」

ライカが叫ぶと、支配人はまたも「大丈夫です」とうなずいた。

「我々は飛べないのではなく、飛ばないだけですから」

あらためて支配人の風体（ふうてい）を見る。歩くのですらたぷたぷなのに、この巨体が空を飛べるなんてとうてい思えない。

「話は終わったか？　持ってろ新人。濡らすなよ」

いつの間にかペンギンになったアデリーが、自分の黒スーツを放ってよこす。

「それからこれも着とけ。雨水管しか通らないが、清潔とは言えない」

次いで飛んできたのはゴーグルとシュノーケル、そして雨合羽だった。

「なんか、めちゃめちゃ嫌な予感がするんですけど……」

支配人のほうを見ると、すでにその背中に久地とミズハがまたがっている。

「まさか、泳ぐアデリーにわたしが乗るってこと……？」

「泳ぐんじゃない。飛ぶんだ。俺たちは空のかわりに海を飛ぶ」

早くこいと腕を引かれ、ライカはアデリーにまたがらされた。

小熊ちゃんのときはもこもこに見えたのに、いまの背中は筋肉質でかたい。おまけにおんぶされているみたいで、どうにもこうにも気恥ずかしい。

「行きましょう。久地さん、しっかりつかまっていてください」

支配人が泳ぎ始めたと思うと、その背中があっという間に見えなくなった。

「速っ！　ペンギンってあんなに速いの？」

「覚悟はできたか？　落水したら置いていく。行くぞ」

アデリーが動いたと思った次の瞬間、顔がびゅうと風圧でゆがむ。

「はっ、速すぎる！ 死ぬ！ わたし死んじゃう！」

メダカの水槽をつつくとワープみたいな瞬時移動で逃げるけれど、ペンギンの速度はおそらくあれ以上だ。耳にはびゅんびゅん風を切る音がうるさいし、ゴーグルがなければきっと目だって開けていられない。

「全然速くないが？ せいぜい時速四十だが？」

「速いよ！ 人間だったら百メートルで十秒切るよ！」

「ジェンツーペンギンはもっと速く飛べる。あいつはクロマグロ並みだ」

「誰！ アデリーのライバル？」

「は？ 俺は潜ればバショウカジキ越えだが？ ジェンの雑魚なんて一瞬でぶっちぎりだが？」

「潜らなくていいから！ 変な対抗意識燃やさないで！」

ライカは涙目で歯を食いしばっていたが、少しだけ楽しい気分でもあった。

黒いネクタイを風になびかせているいま、自分はケープペンギンに見えているのだろう。考えていたのとは大幅に違うけれど、鳥になったからか少しだけ【ペンギン同盟】のことがわかった気がした。

支配人とアデリーは、猛烈な速さで暗い下水道を泳いでいる。

まるで真っ黒な鳥が夜を飛ぶように、闇の中を光へと向かって。

このスピードこそ、久地をもてなそうとする純粋な善意だろう。

🕘

久地は十一時の新幹線に間にあった。

「津田山さん！」

ホームに立つ華奢な背中に声をかけながら、振り返らないでくれと強く願う。

しかし津田山恭子は振り返った。久地を見て驚いたその顔が、やがて困ったように小さく微笑む。

「やっぱり、悪いことはできませんね」

その言葉で、すべてが【ペンギン同盟】の言う通りだと悟った。

「津田山さん、なんでこんなこと――」

久地の言葉をかき消すように、発車のアナウンスが構内に流れる。

「私、久地さんに言いたいことがあったんです」

津田山恭子は新幹線に乗らず、久地とまっすぐ目をあわせた。

「退学や不安定な生活、そのストレスが重なってキレてしまった。久地さんが事件を起こしたのは、それが理由だと言っていましたね」

少なくとも周りの大人たちはそう言った。久地もそう思うことにしている。

「でも私はこう思います。久地さんは、妹さんを守りたかったんだって」

「妹を……？」

「私も歳の離れた弟がいるんでわかるんです。両親が頼りない場合、年長者の使命感が湧きますよね。自分がこの子を守らなきゃって」

「小さな頃は、そう思っていたかもしれませんが……」

いまとなっては存在自体をうとまれている兄だ。妹を守るどころか、こちらから会うことすらもはばかられる。

「大人になっても……いえ、きっと死ぬまでずっとです。それは先に生まれた人間の宿命なんですよ。だから私たちは弟や妹を守ろうとして、ときにとんでもないことをしてしまうんですよね」

「俺が罪を犯したのは、俺自身の問題です。妹は関係ありません」

ささいなトラブルがあった。自分の虫の居所が悪かった。あの事件はたったそれだけの話だ。いままでそう思って納得してきた。

「そうですか？　自分の駐車スペースに勝手にバイクを置かれるって、私はけっこう怖いことだと思います。感覚的には自宅に侵入されたようなものですし」

言われて久地は息をのむ。記憶はほとんど残ってないが、嫌悪を越える感覚があのとき確かにあった。

「だから久地さんは、相手を家族——妹さんの敵ととらえたんじゃないですか？」

直接手助けができなくても、久地は妹の力になりたいと感じていた。だから毎日コンビニを見張ったが、どうすることもできなかった。

兄として情けない自分と、妹に加害している人間への怒り。それを無理やり押しこめていたから、トラブルの際におかしな形で回路がつながってしまった。

そんな可能性に薄々気づきながらも、久地は今日まで見て見ぬ振りを続けた。

「その感覚はピンときませんけど、わたしも妹さんが原因だと思います」

背後で控えていたベルガールが言った。

「久地さんが退学したときに妹さんが怒ったのって、彼女のほうが先に学校でのことを相談したかったからですよね？　なのに久地さんは妹さんに相談もせず、勝手にさっさと退学を決めました。だから『関係ないから怒ったんだよ！』、なんて言われたんだと思います。頼ろうとした兄が、自分を頼ってくれなかったから」

もしも妹が自分より先に学校を辞めていたら、どんな風に思っただろうか。確かなことは言えないが、あのときは裏切られたように感じたかもしれない。

妹は兄の薄情に傷ついた。久地はぼんやり気づいていた。

「自分勝手に起こした事件を、久地さんは妹のせいにしたくなかった。まあ実際に妹さんは関係ないんですけどね。でも妹のせいにしない自分を作りだすことで、久地さんは『裏切りへのつぐない』のように考えていたんじゃないですか？」

「すごい。誰だか知りませんが、細かいところによく気づきますね」

感心している津田山恭子に、世話になったホテルの人だと説明する。

「津田山さんとここにいるみなさんのおかげで、俺はようやくわかりました」

自分がいかに自己中心的で、プライドの高い人間だったかを。

冷笑していた高校のクラスメート、疎遠だった妹、避けていた同僚——多くの人に弱みを見せるのを避けた結果が、『こんな人生』だったのだと。

悩みは人に話すだけで解決する。津田山恭子と支配人が言ったそれは、相手が答えに導いてくれるという意味ではない。自分以外の視野を得なければ、悩みそのものが間違っている可能性に気づけないということだ。

「やっぱり、人は変わりますね。いい風にも、悪い風にも」

津田山恭子は微笑んでいる。久地の変化を喜んでいる。

わからないのは、なぜそんな人が自分を陥れようとしたかだ。

「津田山さんは、悪いほうへ変わってしまったんですか」

「性善説と性悪説ってありますよね。久地さんは善人です。だから罪をつぐなって正しい人間に戻れました。でも私は、生まれながらの悪人なんですよ」

「それは、誰が決めたんですか」

津田山恭子は少し考え、「私かな」と笑った。

「だってお金が必要だったら、ただ盗めばいいじゃないですか。でも久地さんの前科を知ったとき、私は罪を着せるにはうってつけって考えたんです。私はそういう女なんですよ。生まれたときから罪の深さが違うんです」

「あの、少しよろしいでしょうか」

それまで黙っていた支配人が、ぺたぺたと前に出てきた。

「いま津田山さんがおっしゃった『性善説』は、一般的になりつつありますが誤用になります。性善説の本来の意味は、『人間の本性は善であるけれど、努力しなければ悪に染まってしまう』という意味です」

ニュアンスは津田山恭子が言ったものと変わらない。久地はそう感じた。

「実は『性悪説』も言っている内容は同じです。『人間は弱い生き物だから、常に学び続ければならない』。これが本来の解釈であって、宗教的な『原罪』という意味はありません。つまり人はいつだって、魔が差しやすいということです」

「逆に言えば、誰だって正しく生きられるってことですね！」

支配人の横で、ベルガールがうんうんうなずいている。

「おかしいと思ってたんですよ。津田山さんが久地さんを逃がして警察に疑わせるのはわかるんですけど、それでも一日以上かくまう必要ないですし。それに久地さんに罪を着せることが目的なら、津田山さんは逃げる意味ないですよね？」

そうだ。普通は逃げずにすませたいから、他人に罪をかぶせようとする。

「津田山さんは、久地さんに罪を着せることに耐えられなくなって逃げようとしたんじゃないですか？　捕まるつもりはないけれど、行方不明になれば警察の目は久地さんから自分に向くと考えて」

「ちが……違います！　逃げたのは久地さんの供述を恐れてです。私は昨晩、警察に久地さんの居場所を通報しました。私は冷酷で計算高い女です」

「でも津田山さんが本当に冷酷で計算高い人なら、もっと遅い時間に通報するはずなんですよ。久地さんが完全に眠った頃を見計らって」

今度は反論せず、津田山恭子は黙って顔を伏せた。

「なんでそうしなかったのかというと、津田山さんはずっと戦っていたんだと思います。愛を武器に、心に差してくる魔と」

思わず津田山恭子の顔を見てしまったが、赤い耳しか確認できない。

「だって久地さんの話の中で、津田山さん恋する乙女だったじゃないですか。きっと久地さんの前科を知ったのも、好きな人のことを知りたい一心で履歴書を──」

「しゃべりすぎだ新人。これ以上、客に恥をかかせるな」

さっきペンギンに変身した青年が、ベルガールの口をふさいだ。

「そろそろ時間。あとは本職」

フロント係の女性がホームの階段を指さした。刑事コンビが駆け上がってくる。

「さようなら、久地さん。彼女が言った出まかせは忘れてくださいね」

津田山恭子が弱々しく微笑み、深々と頭を下げた。

「そんなことより、ピクニックの計画を立てませんか」

「久地さん……？」

「場所は池のほとりの草原。サンドイッチもとびきりのを用意します。駅向こうの坂上に、評判のパン屋があるんですよ。ハリネズミが店番をしていて──」

「久地！　おとなしくしろ！」

若い刑事が腕をつかみ、後ろ手でひねり上げてくる。

「ピクニックの後はホテルコペンへ行きましょう。たぶん津田山さんも、あそこの風呂が気に入るはずです」

それだけは確信があった。横領でどれくらい収監されるかはわからないが、所内の
入浴時間は基本数分だ。前科者は誰ものんびり浸かれる風呂に恋焦がれる。

「待ってください刑事さん！　犯人は私なんです！」

「ああ、だろうな。あんたもご同行願うよ」

年配刑事はつまらなそうに鼻を鳴らすと、階段へ向かって歩きだした。久地も若い
ほうに引きずられて従う。最後に礼を言おうと振り返った。

「またのお越しを、心よりお待ち申し上げております」

整列して頭を下げる【ペンギン同盟】の勇姿を、久地は一生忘れないだろう。


ライカはたっぷり目の保養をしていた。

ここはホテルの大浴場。おまけに男性専用風呂。

けれどこの場に人間の男性はおらず、いるのは羽を伸ばすペンギンたちだけだ。

これを眼福と言わず、なにをか言わんや。

「こうやって水風呂でくつろぐときが、一番幸せだなー」

ちゃぷちゃぷと浴槽で泳ぐコガタペンギンは、成鳥でも子ペンのときと変わらないように見える。けれどライカの隣で一緒に足湯しているミズハの解説によれば、毛並み、というか羽並みが違うのだそうだ。

「ペンギンはヒナの時期をすぎると、体毛に自らの分泌物を塗って一枚布のようにする。防寒性を高めるためと、水中での抵抗を減らすことが目的」

「ミズハさん、ペンギンに詳しいんですね」

「それが仕事だから」

よくわからないけれど、人とは異なる同僚の性質がわかるのはありがたい。

「コガタくんって、どんなペンギンなんですか」

「本来コガタペンギンは夜行性だけれど、あの子は環境に順応しやすかった。そのせいか人間のテクノロジーに好奇心旺盛。いまは情報入手のエキスパート」

「もしかして、わたしの好物がスープカレーとかも……？」

ミズハがうなずく。人間なのにテクノロジーに弱い身としては、どうやったら人の嗜好まで把握できるのかさっぱりわからない。

「おお、美しきペン生！ 我が名はマカロニ！」

真っ赤なくちばしと黄色い飾り毛が目立つペンギンの正体は、シェフのマカロニであるらしい。マカロニは自分とワインに酔いながら、オペラを歌って上機嫌だ。

「冠羽を持つ種は多いけれど、顔が黒く、毛がなでつけられているのがマカロニペンギンの特徴。『マカロニ』はイタリアにおける伊達男の意味。浴場での飲酒ができるのは清掃時だけ」

「でしょうね。マカロニさんも特技があるんですか」

「マカロニの別名はゴールド・フリッパー。その器用な翼で、財布の中身と女性のハートをすっぽり抜き取る」

やっぱりあのひれは翼であるらしい。以前にコガタが脱いだ制服の名札が違っていたけれど、あれもマカロニがすり替えたのだろう。

「なるほど。女たらしでスリってことですね。気をつけます」

「ライカは大丈夫。マカロニは子どもに優しいから」

「どういう意味ですか……お。あのペンギンは初めて見ますよ」

水遊びする仲間たちから、少し離れて窓の外を見ているペンギンがいる。カラーリングはコガタとほとんど変わらないものの、頬からあごにかけてマジックで落書きされたような黒いラインが走っていた。

「ヒゲペンギンは孤高の海鳥。氷山に登って遠くを見つめていることが多い。けれどその実ケンカっぱやくて、群れを守るためにはどんな強敵にも挑む。若い頃のヒゲさんもそうだった」

「い、いまは違うんですよね？」

「いまは寡黙なベテランバーテンダー。変装の達人で素顔は誰も知らない」

新横浜へ向かってホテルを出発したときのことを思いだす。マカロニとともに車に乗った久地は、本物と瓜二つだった。ヒゲさんの変装レベルは度を越えている。

「まさにペンゲン自在……」

ライカがうっかりダジャレを口走ると、横でミズハが吹きだした。

「意外。ミズハさん、こういうの好きなんですか」

「……別に……ぷふっ」

言葉とは裏腹に、ツボにハマっているらしい。こういうかわいい一面を見ると、やっぱり殺し屋ではないよなあと思ってしまう。

「おお、ドルフィンジャンプ」

　水中からばしゃんとアデリーが飛びだした。

「アデリーペンギンってかわいいですよね。あの驚いてるみたいな目が特に」

「あの黒目の周りは白目ではなく、『アイリング』と呼ばれる羽毛。人に似て見えるから親しみ深く感じるけれど、アデリーペンギンはもっとも人と異なる環境で暮らしてきた。だからアデリーは人間が下手。ライカがいろいろ教えてあげて」

　そう聞くとちょっと同情する。人間が下手という意味では、ベルガールになる以前のライカも空回り気味だった。人間だって人間は難しい。

「そういえば、アデリーは今日もおかしなこと言ってましたね。わたしが駅で津田山さんと話してたら、『これ以上、客に恥をかかせるな』って」

　ホテルの客は久地であって、津田山恭子ではないのに。

「我々の組織にとってお客さまとは、津田山さんのようなかたです」

　ふいに眼前の浴槽から、ざばりと巨大なペンギンが浮き出てきた。

「……びっくりした。いたんですか支配人」

「すみません。お風呂が好きなもので、つい長湯を」

　それは長湯ではなく潜水だと思う。

「ペンギンはときに十五分以上も海に潜る。そのために翼や体毛を進化させた」

ミズハの解説を聞いていると、ペンギン自体が摩訶不思議な生き物だと感じる。鳥が空をあきらめ海を飛ぼうなんて、なぜそんなチャレンジをしたのだろう。

「覚えていますかライカさん。久地さんは妹さんを守ろうとして、自分の駐車スペースにバイクを停車した人にケガをさせましたね」

「それ、よくわからなかったんですよね。津田山さんは『自宅に侵入されたようなもの』って言ってましたけど、駐車場でそんな感覚になるのかなって」

俺はわかると、アデリーがぴたぴた歩いてきた。

「長子には、両親が不在の間に縄張りを守る役目がある。仮に妹が学校で問題を抱えていなかったとしても、あの客は家族を守るために戦っただろう」

「それって、ペンギン界だけの話じゃないの？」

なにしろライカ自身が長女だ。アデリーに疑いの目を向ける。

「人間も生物です。そして想像力が豊かな分、ほかの動物よりも守る範囲が広くなります。地位や名誉や感情のために、人は理性を失ってしまうんです」

支配人が答えた。確かにニュースなどを見ていても、動機がすとんと腑に落ちない犯罪は多い。人間はやっぱり難しい生き物であるようだ。

「そしてコガタくんが調べてくれたところによると、津田山さんが悪意に飲まれたのも同じ理由でした」

津田山恭子の両親はすでに他界しており、まだ若い弟は親戚の家に預けられているらしい。今年で十八歳になるそうだ。

「津田山さん、弟の学費とか生活費を工面したかったんですかね」

「詳しくは本人に聞くしかないでしょう。ですが駅のホームで、津田山さんは長女の責任を語っていましたね」

久地をなぐさめるように、『両親が頼れない場合』と前置きしていた。それは津田山恭子自身のことでもあったのかもしれない。

「なんか悲しいですね。久地さんも津田山さんも、悪い人じゃないのに」

「だから我々は【ペンギン同盟】を組織しました。日本中の人を心からもてなし、悪意を根絶するために。本当はもっと早く、津田山さんとお会いしたかったです」

支配人がしょんぼりと体を丸める。そのあるのかないのかわからない肩を、ミズハがぽんとたたいた。

「あの……【ペンギン同盟】が人助けをする理由ってなんなんですか。久地さんの依頼を受けたのも、なにか報酬があるんですか」

「報酬はなし。でも見返りはある。覚えておいて、善意のライカ」

落ちこんでいる支配人の代わりにミズハが答えた。

鳥の目を得る前にすべて知っても、きっと真意を把握できないだろう。

今日は組織の人助けを確認できたので、ひとまずよしだとライカはうなずく。

「わかりました。あと変な二つ名はやめてください」

ミズハに言いつつ、視線に強く気持ちをこめた。今回は正義の行いでも、屋上の件は忘れていませんよと。あと二つ名は本当にやめてくださいねと。

「トボガンレースするよー。ライカ合図してー」

コガタが声を上げると、支配人を含めてペンギンたちが横一列に並んだ。

「3……2……1……スタート！」

ライカのかけ声とともに、全ペンが一斉に腹ばいですべる。

「トボガンの時速はおよそ二キロ。本気の早歩きとほとんど差はない」

「泳ぎに比べると遅いんですね。でも、すごく楽しそうです」

ペンギンたちはもちろんだけど、隣のミズハも目が笑っていた。

正しいことをしていないと、きっとこんな風には笑えない。

いまはそう信じることにして、ライカも笑顔でペンギンたちを応援した。

Secret Society
PENGUIN
UNION

[Second Penguin]

おうちへ帰ろう。
ホーミングバードみたいに翼を広げて

つつみは引き戸を1センチ開け、片目で中をのぞき見た。

カーテン越しの月明かりを頼りに、教室内を隅から隅まで観察する。

夜の二年二組には、当然のように誰もいない。

人間はもちろん、お目当てのオバケだっていなかった。

「つまんないなあ！　せっかく冒険しにきたのに！」

がらりと引き戸を開けて、大声でしゃべりながら教室へ入る。

望口（のぞみくち）小学校二階左端の教室には、午後八時八分になるとぼうっとひとだまが現れる。その周りには、怒る大人としょんぼりした子どものオバケも出る。

親友のひまりちゃんが仕入れたその噂は、たったいまうそだと判明した。

それに対するがっかり三割、安堵（あんど）七割が、つつみの口をぺらぺらと動かす。

「絶対いないと思った。だって八時八分って半端だもん。普通のオバケはもっと遅い時間に出るし。確かめにきて正解」

つつみの名前は漢字で「筒見」と書くらしい。

筒をのぞくという意味で、お父さんがつけたという。

おかげで七歳のつつみは万華鏡が好きなおしとやかな女の子、にはならず、船の舳先で遠めがねをのぞく冒険家のような、好奇心旺盛な子に育った。

「ひまりちゃんもくればよかったのに。なんで待ちあわせこなかったんだろ」

夜の八時に小学生が外出するのは難しい。でもひまりちゃんのお母さんは、まだこの時間には帰ってないはずだ。シングルマザーはすごく忙しいから。

ひまりちゃんとつつみは、同じ学童保育でお世話になっている。家庭環境もよく似ているから、おしゃべりしていて話があう。

『お母さんは心配してあれこれ言うけど、ひとりだと怖いから留守番中はけっこうじっとしてるよね』

とか。そんな鍵っ子あるあるを言いあう仲だ。

でもときどきお父さんと会える分、ひまりちゃんのほうがましだとつつみは思っている。だってつつみは、お父さんの顔をまだ見たことがないから。

ちょっとしょんぼりしたせいだろうか。ふいに肌がぞわりとなった。

「……いま、カーテン揺れた？」

もちろん窓は閉まっている。いまさらひまりちゃんがきたなんてこともない。

「……気のせいだよ。まだ八時だもん。オバケなんて出るはずない。でも帰ろう。別に怖くなんてないけど、もうやることがないから帰ろう」

自分に命じるように言い聞かせ、回れ右をして教室を出る。

そこでつつみは見てしまった。

真っ暗な廊下の向こうで、四方八方に揺れる光を。

懐中電灯を持った用務員さんが、足早に駆けてくる姿を。

「きみ！　どこから忍びこんだの！　あれから見張りを強化したのに！」

後ずさって教室に戻ったつつみは、なるほどと理解した。

きっと自分のほかにも夜中に忍びこんだ生徒がいて、懐中電灯を持った用務員さんに怒られたのだろう。それが八時八分になるとぼうっと現れる、ひとだまとオバケの正体だったのだ。

「忍びこんだんじゃなくて、ずっと女子トイレにいたの」

まず放課後に学童へ行き、「今日はお母さんが早く帰ってくる」と指導員の先生に伝える。一分でも早く帰ってくればうそじゃない。

そのあとはいったん家に帰って、支度をしてから学校へ向かう。そうして午後八時八分まで、見回りがこない女子トイレにひっそりこもる。

それが、ひまりちゃんと立てた計画だった。

まあ学童でバイバイしてからは、ひまりちゃんと会えなかったけれど。

「勘弁してよ。怒られるのは僕なんだから。とりあえず、おうちに連絡するよ。電話番号わかる？」

用務員のおじさんには悪いことをしたけれど、オバケの正体は見破れた。

やっぱり謎は自分の目で確かめるべきだと、つつみはあらためて思う。

夜の学校が怖くても、その後に迎えにきたお母さんにこっぴどくしかられても、本当のことを知りたければ冒険に出るしかない。

それこそが、宝物を手にする唯一の方法だから。


「ほら起きて。我が家のかわいいお姫さま。今日は土曜日よ」

お母さんがつつみを優しく揺り起こした。

昨日の晩は鬼みたいな顔で怒ったけれど、今朝はなにやら機嫌がいい。

「いつもはもっとぐちぐち言うのに。体重が少し減ったのかな……あっ！」

つつみはベッドから跳ね起きて、リビングへと走った。

テーブルの上には、待ちに待った正方形の白い箱が置いてある。

「誕生日……やっときたぁ」

つつみにとって誕生日は特別な日だ。だってケーキが食べられる。

なんて言うと食いしん坊と思われるだろうけど、これは普通のケーキじゃない。

「早く顔洗ってらっしゃい。一緒に食べましょ」

お母さんに返事をして、一秒で顔を洗って服を着替える。

「ねえ、開けていい？　開けていい？」

いいわよとお許しが出ると、つつみは箱を開けてホールケーキを引きだした。

「うわぁ、かわいい！　なにこれ！　これどこ？」

真っ白な生クリームの大地に、ホワイトチョコのブロックを積み上げて作ったドーム状の建物。その周囲にはこれもチョコレートのペンギンがいて、双眼鏡で遠くを見たり、犬ぞりで走ったりしている。

「南極みたいね。相変わらず凝ったケーキですこと」

お母さんが笑っている間も、つつみはケーキに見入っていた。

つつみのお父さんは冒険家だ。いつも世界を旅しているから、家には帰ってこられない。その代わり、つつみの誕生日にはこうやってケーキを送ってくれる。お父さんが冒険した場所を、チョコやクリームで表現して。

「すてき……ろまん……」

「つつみは本当に、お父さんのケーキが好きね」

「うん、大好き！　お父さんいま南極にいるの？　南極に行けば会えるかな？」

エアーズロックやピラミッド。アンコールワットに万里の長城。

お父さんのケーキは細かいところまで再現されていて、本当に世界中を飛び回っているのがわかる。おかげで自分まで冒険している気分になれた。

だからできるなら、お父さんと一緒にケーキを食べてみたい。

でもそれをお母さんに言うと、いつも急用ができて話をそらされる。

同じ母と娘のふたり暮らしでも、ひまりちゃんのところは離婚して出ていったお父さんともときどき会っているらしい。つつみのお母さんは『離婚はしていない』と言ったけれど、お父さんとはいつまでたっても会えない。

「……つつみ。あなたも今日で八歳ね」

急にお母さんが真面目な顔になった。

「夜の学校に入る方法を自分で考えたって聞いて、お母さんものすごく驚いたわ。よくないことではあるけれど、つつみはもう子どもじゃない、大人と同じくらい賢いんだってわかって、お母さんうれしかった」

あれは賢いひまりちゃんのアイデアだったので、つつみは困った顔になる。

「だから今日は、ちゃんと言おうと思うの。お父さんの、本当のことを」

「本当のこと?」

「大事なことよ——ごめんなさい。ちょっと待って」

寝室でお母さんの携帯電話が鳴り始めた。

つつみはケーキの上の世界を眺める。いつもいつも本当に超大作だ。

それにしても、お父さんはこのケーキをどうやって注文しているんだろう。電話で職人さんに伝えただけで、こんなに冒険を再現できるのだろうか。

もしかしたら、直接ケーキを見ながらあれこれ指示しているのかもしれない。

だったら今日は、まだお店にいる可能性がある。

ケーキの箱を見ると、シールに『パティスリー・カワサキ○○店』とあった。『○○』の字は読めないけれど、電話番号は『045』で始まっている。ヨコハマの市外局番だ。だからお店の場所はカワサキじゃなくてヨコハマ。つつみだって賢い。

そっと様子をうかがうと、お母さんはまだ寝室で電話していた。

チャンスはいまだと、つつみはケーキの箱を破り取る。

「お母さん、ちょっと遊びに行ってくるね!」

財布を持って靴をつっかけ、つつみは宝探しの冒険へ出発した。


ライカは笑顔で青筋立てていた。

ホテルコペンで働き始めてはや一週間。

お客さまを部屋へ案内するベルガールの仕事に始まり、頻繁に起こるトラブルの処理はもちろん、人手が足りないときのレストランスタッフに至るまで、ライカはいつもにこにこ働いていた。誰かの役に立てる仕事はなんだって楽しい。

けれどこんなときだけは、どうしても怒りを隠すことができなくて困る。

「あー、ギブ！　もう食えない。腹が破裂する」

「あたしも食べすぎたわ。朝からバイキングって考えものね」

テーブル席で中年男女が、苦しげにおなかをさすっていた。

夫婦と思しきふたりの皿には、食べ残しがどっさりあふれている。

ここはコペンのレストラン、【クレイシュ】。ビュッフェスタイルで多彩な朝食を提供するレストランは、大浴場とあわせてホテルの二枚看板だ。

ビュッフェの意味は本来「立食」だけれど、日本国内では夫人が言った「バイキング」と大差ない。要はセルフサービスの食べ放題だ。客は思い思いの料理を自分で皿に盛り、心ゆくまで食事を楽しむことができる。

ゆえに取った料理を食べきれない、という客もときどきいた。

シェフのマカロニが作る料理は絶品だ。あれもおいしそう、これも食べたいと、一品多く皿に載せてしまう気持ちはわかる。いけると思ったのに、急に満腹になってしまうこともあるだろう。胃の容量を完璧に把握できる人はいない。

だから残すことのすべてが悪いわけじゃない。それだけ料理がおいしそうに見えたのだから、スタッフだってうれしい気持ちも少なからずある。

けれどあの夫婦は根本的に違うというか、お残しの量が多すぎる。欲張らずに何回かに分けて取っていれば、絶対ああはならないはずだ。

「なんだかもったいないわねぇ。折り箱とかもらえないのかしら」

「みっともないことを言うな。それにもったいなくなんてないぞ。フードロスは絶対に出る。俺たちが捨てるかホテルが捨てるかの差でしかない。こっちは金を払ってるんだから、正々堂々残しゃいいんだよ」

ライカの青筋がまた増えた。みっともないのは作り手を無視するその性根だ。

「気にするな。国が違えば文化も違う」

ぐぬぬと歯嚙みするライカの横で、アデリーが料理を補充しながら言った。

「国が違うって、あの夫婦はどう見ても日本人だけど」

「アホか。国籍の話じゃない。料理を残すことを美徳とする国がある。『もったいない』の精神を尊ぶ国もある。すべての客をもてなすには、すべての価値観を受け入れろという話だ」

それはきっと、ホスピタリティの鬼である支配人の受け売りだろう。言いたいことはわかるけれど、今回ばかりはちょっと納得できない。

「じゃあペンギンも、食べ残したりするの」

一見すると口と目つきが悪い青年だけれど、アデリーの正体はペンギンだ。より正確に言えば、人間にもっとも近い「ペンゲン」という存在になる。

どういうメカニズムかさっぱりだけど、アデリーは人の姿で働いたり、小熊みたいなもこもこの赤ちゃんペンギンにも変身が可能だった。

「食べ残しなんてするか。ペンギンがどうやって子育てするか知ってるか？　母は卵を産んだ後、サメやアザラシと戦いながら必死に魚を捕る。父は卵を抱き続け、ヒナが孵ったら自分の体から『ペンギンミルク』を出して与える」

「え？　雄がミルクを出すの？」

「母乳じゃない。食道や胃の粘膜を消化した体液だ。なにも食べていない父は当然どんどん痩せる。そこで運よく母が帰ってきたら子守りの交代だ。父が漁に出かけている間、ヒナは母が体内に貯めこんだ魚を口移しでもらう」

サメやアザラシだけでなく、同じ鳥類のカモメや、ときには氷のクレバスまでもが母ペンギンの帰還を妨げるらしい。その場合は父も餓死するしかないという。

「俺たちは命がけで育ててもらうんだ。食べ物を残すなんてありえない」

「壮絶だね……でもそれなら、お残しを見て腹を立てないの」

「関係ない。人間はペンギンじゃないからな」

けんもほろろに答えたわりに、アデリーの表情はちょっと曇っている。しかしこのまま話していてもらちが明かないので、ライカはキッチンに出向いた。

「マカロニさん、ちょっと聞いてください！」

「よっ、ライカちゃん。どうした？　まかないの時間はまだだぞ」

コックコートを着たシェフは右手を上げて挨拶しつつ、左手だけで器用にじゃがいもの皮をむいている。話があると伝えると、「ならカプチーノでも飲もう」と、キッチン脇の【ペンギン同盟】本部へ案内してくれた。

「さてと。悪いがライカちゃん、元の姿に戻らせてもらうぞ」

ふうと椅子に腰かけたマカロニの体が、みるみる小さくなっていく。

やがてその姿は、黄色い飾り毛が凛々しいマカロニペンギンに変化した。

いつも陽気で手先が器用な【クレイシュ】のシェフもまた、アデリーと同じくペンゲンだ。彼らは人の姿に変身すると、けっこう体力を消耗するらしい。

「お疲れさまです。ビュッフェのお客さんのことなんですけど」

カプチーノを飲むペンギンの隣に座り、ライカは即座に切りだした。

「当ててみようか。客の食べ残しが気に入らない。だから皿を小さくしたり、持ち帰り用の容器を準備したい。そんなところだろう？」

マカロニがウィンクしつつ、真っ黒なタバコに火をつける。

「すごい。よくわかりましたね」

「誰もが思うことさ。実際に俺たちもやってみたよ。皿を小さくしてみた結果、まともに食事をしている客に余計な手間をかけさせた。持ち帰りの容器を準備したら、最後にドカ盛りする客がいてみんなマネしだした」

そのときの光景が目に浮かぶ。同じ人間として恥ずかしい。

「対策すれば悪化する。だから『いままで通り』でやってるってわけさ」

マカロニが、ふっと自嘲するように煙を吐いた。

「しかたないのはわかります。わかりますけど、食べきれないと自覚しながらお皿に盛るのはやっぱり失礼ですよ。料理にもスタッフにも」

「そうだな。だが俺たちの仕事は客をもてなすことだ。食べ残して満足する客がいるなら、シェフにできるのは料理を大量に用意するだけさ」

たゆたう煙を見つめるペンギンの横顔は、疲れとあきらめを感じさせる。

「マカロニさんは大人ですね。体に悪いとわかっているタバコを吸うくらい、とーっても大人ですね」

ぶすっと頬をふくらませ、『悪い』と『大人』を強調した。

「そんな皮肉、ライカちゃんには似あわないぜ。ついでに訂正しようか」

マカロニがくっくと鳴きながら、タバコを一本放ってよこした。

「そいつは海苔(のり)タバコ。ニコチンやタールは含まない。煙たくもないだろう？　火をつけてもなつかしい海の香りが漂うだけさ」

黒い棒の匂いをかぐと、うっすら焼き海苔の香りがする。

「こいつはホームシックのペンゲンがよく吸うんだ。俺は子どもだよ」

「マカロニさん、ホームシックなんですか！」

「ライカちゃん、なんで急に目がきらきらしてる？」

「しょうがないなあ。ちょっとだけなら、わたしがお母さんみたいに抱っこしてあげてもいいですよ？」

「それはライカちゃんがしたいだけだろう？」

「そうですよ。だっていま悲しい気分ですもん。癒やしが必要です」

「それは……まあ俺のせいだよな。しかたない」

マカロニは不承不承に、孵化数ヶ月のヒナ状態に変身してくれた。

「ふおぉぅ……人間のときはあんなにマッチョでダンディなマカロニさんが、子ペンのときはもふもふのよちよちに！」

膝の上で抱きしめたマカロニペンギンは、シンプルな赤ちゃんだった。成鳥で目立っていた飾り毛はまだなく、くちばしも色味がない。この子があんな伊達ペンギンに育つと思うと、親戚の子の成長に感慨を覚えるおじさんみたいな気持ちになる。

「ライカちゃん、もういいか。これけっこう恥ずかしいんだぞ」

「じゃあ正直に答えてください。マカロニさん、料理を残されるの本当は嫌なんでしょう？　自分もそうだけど、ほかのスタッフが悲しい顔をするから」

腕の中でもぞもぞしていた子ペンが、ぴたりと動きを止めた。

「……アデリーか。あいつの仏頂面から喜怒哀楽を読み取るなんて、ライカちゃんの観察眼は本当にすごいな」

マカロニは女性や子どもに限らず誰にでも優しい。スタッフにつらい思いをさせていることは、ずっと気がかりだったはずだ。

「マカロニさん、一緒に考えましょうよ。お客さんが無茶盛りしない方法を」

「そうは言っても、あらかた試したしなあ」

むうとそろって腕組みしたところで、ライカのインカムに連絡が入った。

『SSの斑鳩(いかるが)さま。ライカをご指名』

コンシェルジュ代理であるミズハの業務連絡は、いつも淡泊で困る。

とはいえ今回はなにをするかが明白だ。十階のSS――スペシャルスイートには車椅子の老婦人が滞在している。ライカは買い物などにお供することが多いので、今日もイルカさんは散歩の連れをご所望なのだろう。

「わかりました。すぐに向かいます」

ミズハに返事をして、ふふんと軽やかに鼻で歌う。

VIPの相手は気を使うことが多いけれど、イルカさんは気さくで偉ぶったところがない。私服に着替える手間はあるものの、ライカにとっても楽しい仕事だ。

「そうだマカロニさん。スイートルームってなにが『スイート』なんですか」

ふと思い立って聞いてみる。直訳すれば「甘い部屋」。イメージ的にはカップルが泊まりそうな感じだけれど、イルカさんのように独身のお客さまも多い。ではいったいなにが甘いのかと、いつも疑問に思っていた。

「そりゃ間取りさ。部屋がスイートなんだ」

「部屋が、スイート……？」

ライカの脳内に、お菓子の家にたかるアリの映像が浮かんだ。

「くく……このまま客室に行ったら、ライカちゃん確実に壁を舐めるだろう？」

マカロニがフリッパーでくちばしを押さえ、笑いをこらえている。

「な、舐めるわけないじゃないですか！　バカにしないでください！」

危なかった。お菓子の家はないまでも、特殊な塗料で壁や床が甘いのかもとは考えていた。今度客室係を手伝うときに、ちょっと味見してみようかなと。

「まあレディに恥をかかせたくないから教えよう。スイートのスペルはSWEETじゃなくてSUITE。『甘い』ではなく『一式』って意味さ」

言われてみればスイートルームには、寝室のほかにソファが置かれたリビングがある。宿泊というより暮らせるタイプの間取りだ。

「なるほど。勉強になりました。あと、もふもふごちそうさまでした」

「お役に立ててなによりだ」

成鳥に戻ったマカロニが、肩をすくめるように両フリッパーをかかげた。

「じゃあ行きますね。マカロニさん、食べ残しの件ちゃんと考えてくださいよ」

「ああ。ライカちゃんのアイデアにも期待してるぜ」

ぺちんと翼にハイタッチして、ライカは更衣室へ急いだ。

つつみは望口駅で、行き交う人々を観察していた。

今日の冒険の目的は、お父さんが立ち寄るケーキ屋さんを探すこと。

目指す宝のある場所は、つつみが住むカワサキの隣にあるヨコハマ。

だからひとまず駅にきた。ポケットにはお年玉の残りがある。

でも、どうやって電車に乗ればいいのかがわからない。

前にもこういうことがあった。親戚の家に泊まったとき、ささいなことでイトコとケンカした。つつみはぷんすかむくれながら、ひとりで家に帰ってきた。

あのときも電車の乗り方がわからなくて、駅員さんに聞いた覚えがある。

だから今回も駅員さんに尋ねようと思ったら、「車椅子用」と書かれた大きな板を持ってホームへ行ってしまった。仕事の邪魔をするのはよくない。

じゃあと駅前の派出所を見てみたら、中にお巡りさんはいなかった。ホワイトボードのメモによると、パトロールに出てしまった模様。大人はみんな忙しい。

だからつつみは、さっきから駅のペデストリアンデッキで探している。

なるべく優しそうで、ひまそうで、できれば話しかけやすい、若い女の人を。

「発見！」

商店街のあるほうから、大学生くらいのおねえさんが階段を上ってきた。ショートカットが似あっていて、トートバッグに描かれたウサギのイラストもかわいい。

話しかけようかと思ったら、男の人が現れておねえさんに声をかけた。

つつみは知っている。あれはナンパという迷惑行為だ。なのに笑顔で対応しているおねえさんはとても優しい、と思ったら、突然男の人が真っ青になった。

おねえさんはふふんと楽しげな顔をして、つつみの前を通りすぎていく。笑っていたけれどなんだか怖い。男の人になにを言ったんだろう。

「あのおねえさんはやめておこう……あっちの人はどうかな」

駅のほうからふんわりした茶色い髪のおねえさんがやってきた。表情は寝起きみたいな真顔だけれど、背負っているリュックがクロワッサンみたいですてき。

話しかけようかと思ったら、さっき青い顔になったナンパの人がまた現れた。

こりないなあと思っていると、突然男の人が飛び上がって逃げていく。

よく見ると、おねえさんの足下にハリネズミがいた。ちっこいくせに全身をとげとげにして怒っている。かわいいけれどもちょっと怖い。まったく顔色を変えず、素手でハリネズミを抱き上げたおねえさんも怖い。

「望口に、普通のおねえさんはいないのかな……」

つつみはなかばあきらめ気味に、デッキの上からバスロータリーを見下ろす。

すると大きな建物から車椅子が出てきた。押しているのは髪の毛をふたつ結びにしたパーカー姿のおねえさんで、座っているおばあさんとにこにこ話している。見た感じはちょっと子どもっぽいけれど、条件的にはいい感じだ。

つつみは地上へ下りていき、建物の前に駆け寄った。

「おねえさん、いま時間ありますか」

「えっ、ナンパ？　わたしもとうとう大人の女に……違うよね。迷子だよね」

子どもっぽいおねえさんは、うかれてすぐにがっかりした。

「迷子じゃないよ。でもヨコハマへ行く電車がわかんないの」

「それなら教えてあげられるけど……お名前は？」

「稲田(いなだ)つつみ」

「わたしはライカ。つつみちゃん、どうしてヨコハマに行きたいの？」

「ケーキ屋さんがヨコハマにあるの」

「そっか。ケーキはおいしいもんね。でもヨコハマは遠いよ。ひとりで出かけるのは大人になるまでとっといて、今日はお母さんかお父さんと一緒に行ったら？」

それはできない相談だ。お父さんの話になると、お母さんは急に用事ができる。たぶん一緒に行ってくれない。こうなったら奥の手だ。

「つつみの家にはお父さんいないよ。だから探しにいくの、ケーキ屋さんに」

大人はこういう話を聞くと、すごく悲しい顔になる。だからつつみもひまりちゃんも、めったなことでは打ち明けない。でもいまは緊急事態だ。

案の定、おねえちゃんは眉をハの字にした。心の中でごめんねと謝る。

「ごきげんよう、つつみちゃん。なにか事情がありそうね。ひとまずは、ライカちゃんが話を聞いてあげたらどうかしら。組織の仕事になるかもしれないわよ」

車椅子に座るおばあさんが言った。目つきがすごく優しい。

「イルカさんがそう言うなら……って！　いま『組織』って言いました？」

ライカおねえちゃんが目をまんまるにする横で、おばあさんはふふっとかわいく笑っていた。よくわからないけれど、つつみもほっとして笑う。

そこへ建物から誰かが出てきて、「どうもどうも」と声をかけてきた。

「お疲れさまですライカさん。いいところで会いました」

つつみは「わっ」とぶったまげる。男の人だと思ったら、しゃべっているのはなんとペンギンだ。それもお相撲さんみたいに、ものすごくどでかいペンギン。

そんなペンギンの後ろから、黒い服を着た人たちが出てくる。

「ライカ、いますぐ出られる？　緊急の仕事だよ」

そう言ったのは、ちっちゃくてかわいいおにいさん。

「消えたマカロニのかわりにこい。新人でも頭数にはなる」

そう言っておねえちゃんの腕をつかんだのは、目つきの悪いおにいさん。

「えっ、どうしよう。どうしましょう」

ライカおねえちゃんはわたわたしながら、つつみとおばあさんの顔を見る。

「ごきげんよう、支配人さん。申し訳ないけど、こっちも重要な『仕事』かもしれないの。ライカちゃんを貸してもらえないかしら」

　おばあさんが上品に言うと、ペンギンが「かしこまりました」と頭を下げた。

「ではライカさんは、オーナーの案件を担当してください」

「えっ、オーナー？　イルカさんが？　えっ」

　またおねえちゃんが目を丸くして、おばあさんがくすくす笑う。

「でもそうすると、人手が足りませんね。ランさんは入院中ですし、ヒゲさんはまだ起きる時間じゃないし……ああ、マカロニさんはいったいどこに……」

　どでかペンギンが翼で頭を抱えた。どうも困っているらしい。もしかして自分のせいで迷惑をかけてるのかなと、つつみもちょっと困ってしまう。

「マカロニはナンパ中。五百コペン賭けてもいい」

　また黒い服を着た人が出てきた。今度はきれいな女の人だ。いったいこの人たちはなんなのかと思っていると、最後にもうひとり現れる。

「おいおい、ミズハ。誰がナンパ中だって？　俺はその辺を散歩してただけさ」

　髪をかき上げながらデッキの階段を降りてきた人を、つつみはちょっとだけ知っていた。思わず指をさす。

「あっ。さっきおねえさんをふたりナンパして、二回フラれた人！」

「ナンパじゃない！　俺はなじみの店の看板娘に挨拶しただけだ！」

ナンパの人は言い訳したけれど、黒い服の人たちは「ナンパだねー」、「しかもフラれたな」と、まるで聞いてない。

「もうナンパでいいよ……それよりも、こっちのレディだ」

ナンパの人がかがみこんだ。つつみの頭にぽんと手がのっかる。

「話は聞いた。でもごめんな。お嬢ちゃんにも手を貸してやりたいが、ほかにも俺たちの助けを待ってる人がいるみたいなんだ」

そう言うと、ナンパの人はちらりとペンギンを横目で見た。

「本当に申し訳ありません。もしもお客さまがピンチになったときは、必ず我々が駆けつけます。今回だけはご容赦ください」

どでかペンギンがつつみにぺこりと頭を下げ、右の翼を差しだしてくる。

「このペンギンさんの手を握れば契約成立だ。俺たちは必ず約束を守る」

よくわからないけれど、つつみは触ってみたかったのでペンギンの翼をぎゅっと握った。意外とやわらかい。ナンパの人が笑う。

「ひとまず今日は、ライカおねえちゃんがお嬢ちゃんを助けてくれるからな。見た目は子どもっぽいけれど、このおねえちゃんは案外しっかりした子どもだぞ」

「そうそう。わたしは案外しっかりした……大人！　二十歳！」

ライカおねえちゃんがむきーとなったのがおかしくて、つつみはけらけら笑ってしまう。すると頭の上にあった手が降りてきて、目の前でぽんと花を咲かせた。

「すごい！　おじさんたちなにもの？　ブラックマジック団？」

「いいや、俺たちは【ペンギン同盟】。強くてかっこいい正義の味方さ」

一輪の花をつつみに渡し、ナンパの人がかっこうつけてお辞儀する。

そのタイミングで、派手なブレーキの音がした。

ホテルの前のバスロータリーに、二台の車が停車している。それぞれに別れて乗っているのは、どでかペンギンと黒いスーツの大人たちだ。

「それからお嬢ちゃん。俺は『おじさん』じゃなくて、『おにいさん』だ！」

ナンパの人も車に飛び乗り、背を向けたまま「あでゅう」と片手を上げた。


ライカはごまかし笑いを浮かべていた。

「なんで？　なんでペンギンがしゃべるの？　なんであんなにどでかいの？」

「なんでって言われても……わたしもよく知らないんだよね。ははは」

ひとまず静かなところで話そうと、イルカさんとつつみちゃんをコペン一階のラウンジに案内した。夜はヒゲさんが仕切るバーになるこの場所も、昼間はレストランスタッフが軽食を提供するエリアになっている。

注文したマンゴーミルクが届くと、つつみちゃんはいぶかしげにストローをくわえた。しかしひとくち飲むと目を見開き、そのまま全部吸い上げる。

ラウンジのマンゴーミルクは隠れた人気メニューだ。泡立ったミルクにすっきりした甘みの石垣島産マンゴーという組みあわせは、香りがいいのもあって意外にぐいぐい飲めてしまう。多くの人が瞬く間に空になったグラスをしょんぼり眺めるのを、ライカはいつもロビーから見ていた。

つつみちゃんもやっぱり、グラスをまじまじ見つめている。

ライカは笑いながらおかわりを注文した。そうしてそろそろ詳しい事情を聞こうとしたところ、あべこべにつつみちゃんの質問攻めが始まったのだった。

「【ペンギン同盟】ってなに？　おねえちゃんも組織の一員なの？」

「それもはっきりわからないというか……へへ、ごめんね」

つつみちゃんの質問は、本来ライカが知っていなければならないことばかりだ。笑い事ではないぞと、のんきな自分を叱咤する。

そんなライカとは対照的に、つつみちゃんは目を輝かせていた。

自分も問題を抱えているはずだけれど、『しゃべるペンギンとその一味』なんてわくわく集団に出会ったのだからしかたない。子どもの目の前に宝箱を置いて、「開けるな」なんて命じるのは無意味だ。

自分もつつみちゃんくらい無邪気だったら、いまごろはもっと組織のことを知っていただろう。マカロニのことを非難できない。自分だって悪い意味で大人になってしまったと、ライカはほろ苦いカフェオレを飲む。

「あ、わかった！ ライカおねえちゃんは『新人』だから、組織のゼンボーがわからないんでしょう？ それなら『オーナー』のおばあちゃんはわかる？」

ライカはカフェオレを吹きだしそうになった。

子どもは案外と大人の話を聞いている。そして言葉の意味を知らなくても、場の空気でなんとなくそれを察知する。

そういう意味でつつみちゃんは、イルカさんがオーナーだと知らなかったライカと組織の理解度は変わらない。ならば下手にいさめるよりも、こちらが立場上聞きにくいことを尋ねてもらうほうが得策だろう。

「わたしも知りませんでした。イルカさん、オーナーだったんですね」

ライカはしれっと便乗し、イルカさんの出かたをうかがった。

「そうねえ。一応そういうことになるのかしら」

老婦人は上品に微笑み、おっとりと紅茶のカップを口に運ぶ。

「じゃあこれからは、ちゃんと斑鳩オーナーと呼ぶようにします」

「あら、それは困るわ。『イルカさん』がかわいくて気に入っているのに」

それは最初の呼び間違えなので、あらためて言われると恥ずかしい。

「それにね、コペンはもともと亡くなった斑鳩、おばあちゃんの旦那さんのホテルだったの。それを支配人——ペンギンさんたちが経営してくれることになってね」

「このホテル、ほかにもペンギンが働いてるの？　すごい！」

つつみちゃんが食いついた。イルカさんがうれしそうに笑う。

「すごいでしょう？　だからおばあちゃんは、オーナーというより会長夫人なの。十階にビルイン……これも専門用語ね。要は『住みこみ』をしているけれど、どちらかと言えばつつみちゃんと同じお客さんなのよ」

イルカさんは子どもにもわかる言葉を選んでしゃべっていた。それは新人のライカに対する配慮でもあったのかもしれない。この気づかいの巧みさは、支配人のホスピタリティとも通ずるものがある。

「そういえば、支配人がよく席を外します。『会長に挨拶をする』って」

「部屋にきて主人の仏壇に手をあわせるの。支配人さん、律儀なペンギンよね」

マカロニからスイートルームの意味を聞いておいてよかった。暮らせる部屋だとわかっていなければ、仏壇のところで首をかしげただろう。

「ペンギンさんとおばあちゃんの旦那さんは、お友だちだったの？」

つつみちゃんがいい質問をしてくれる。

「そうねえ。どちらかと言えば恩人かしら。主人はペンギンさんたちに助けてもらったことがあるの。それで組織の主旨に賛同して――あらやだ。こんな話、つつみちゃんにはつまらないわね。ほかに聞きたいことはある？」

肝心なところで話が終わってしまった。オーナーという立場のイルカさんが、組織にどう関与しているのか知りたかったのだけれど。

「じゃあじゃあ、ミズハさんとマカロニのおにいさんはつきあってるの？」

今度こそ、ライカはカフェオレを吹きだした。

「あら、つつみちゃんはおませさんね。でもわかるわ。マカロニさんはこんなおばあちゃんにも優しいし、なによりイケメンですもの。女の人と親しく話しているところを見ちゃったら、やきもち焼いちゃうわよね。ライカちゃんはどう？」

「そっ、そんな目で見たことないですよ！」

マカロニは頼りになる先輩だ。確かに男性として魅力的かもしれないけれど、そもそもペンゲンは人間じゃない。鳥類と哺乳類は結ばれない。

とはいえ、マカロニはよく女性に声をかけている。以前に見た裸のアデリーも完全に人間だった。もしかしたらペンゲンは人間と恋愛できるのだろうか。だとすると生まれてくるのは人か卵か——。

「顔赤いね。恋愛のことは、ライカおねえちゃんにはまだ早かったみたい」

「ふふ。じゃあ今度は、つつみちゃんのお話をおばあちゃんに聞かせて」

ふたりが自分を置いて話し始めたので、ライカは慌てて妄想を振り払った。

つつみちゃんのお父さんは冒険家で、一度も家に帰ってきたことがないらしい。けれど誕生日にはいつも、冒険をテーマにしたケーキを届けてくれるという。

でもお母さんにお父さんのことを聞くと急用ができるので、今日はひとりで手がかりを探す冒険に出てきたそうだ。

「そっか。つつみちゃんはすごいね」

ライカは笑顔を作っていたが、真相を察した心は泣いていた。

つつみちゃんのお父さんは、たぶん存在しない。

お父さんが本当に冒険家だったとしても、さすがに八年も帰ってこないというのはありえない。お母さんは『離婚はしていない』と言ったらしいので、おそらくは死別なのだと思われる。

お母さんはまだ幼い娘に、つらい現実を見せることを避けたかったのだろう。だからケーキで父親の幻影を作りだし、それを何年も続けている。ケーキ店に注文しているのは、お母さんである可能性が高そうだ。

「本当ね。お父さんに似て冒険家だわ」

イルカさんがつつみちゃんの頭を優しくなでた。おそらくは真相に気づき、自分たちには励ますくらいしかできないと悟ったのだろう。

「つつみは冒険家じゃないよ。冒険家のお父さんに会いたいだけ」

ライカは必死に涙をこらえる。この健気(けなげ)な少女に現実を見せるなんて、母親でなくたってできっこない。

「それじゃあライカちゃん。あとはお願いね」

「はい。とりあえず、おうちに送ってあげようと思います」

イルカさんが最後の紅茶を飲み干した。

「あらだめよ。まずはつつみちゃんを、きちんと横浜に連れていってあげて」

思わず「はい？」と聞き返した。

「【ペンギン同盟】の目的は人助け。だったらライカちゃんの任務は、つつみちゃんをお手伝いすることでしょう？」

「それはそうですけど、つつみちゃんのお父さんは……」

存在しないお父さんを探して見つかるのは、お母さんが残した痕跡だけだ。それが虚構であったとしても、第三者に親子の幸せを壊す権利はない。

もしかして気づいていないのかと、ライカはしきりに目配せする。

するとイルカさんは深くうなずき、慈愛に満ちた顔で微笑んだ。

「うちの組織はね、助けが必要な人はなんどだって助けてあげるの。新人ベルガールさんが、なんどだって車椅子を押してくれたみたいにね。ではごきげんよう」

つつみは不思議な夢を見ていた。

リビングのテーブルで、お母さんがお父さんと向きあって座っている。

お母さんはいまよりやせていて、お父さんと同じくらい細い。

ふたりは仲よく笑いながら、おいしそうなケーキを食べている。

けれどその場につつみはいない。どうして自分がいないのかわからない。

なんだかすごく暑くって、みちゃ、みちゃと、変な音がうるさい。

「――みちゃん。つつみちゃん、起きて。そろそろ目的地に着くよ」

肩を揺すられが覚めた。

「電車の暖房って眠くなるよね。おねえちゃんも少し寝ちゃった」

隣の席でライカおねえちゃんが伸びをしている。【ペンギン同盟】の人たちと同じ黒い服を着ているけれど、正直あんまり似あってない。

「もうヨコハマに着くの？　あとなんでそんな服なの？」

「うーん……ペンギンっぽいから？　それからここは正確に言うと桜木町。ケーキ屋さんは、みなとみらい地区のおっきなビルにあるみたい。行こっか」

手をつないで電車を降りると、望口よりも大勢の人がいてびっくりする。

「すごい！　アンコールワットみたい」

「え、そう？　あ、観光名所だから人がいっぱいいってこと？」

つつみはうなずき教えてあげた。七歳の誕生日にもらった宮殿形のケーキには、色とりどりのチョコスプレーで人混みが表現されていたと。

「冒険の舞台を再現したケーキに観光客……？　なんか生々しくない……？」

ライカおねえちゃんが、よくわからないことをぶつぶつ言っている。

放っておいて歩きながら上を向くと、空がものすごく青かった。

「世界中が晴れてるみたい。おねえちゃんのお父さんって、どんな人？」

「え、お父さん？　うちのお父さんは……強いて言えばイジンの父かな」

「イジンさん！　人さらいなの……？」

つつみは体がわなわなした。昔テレビで見た怖い歌を思いだしたからだ。

「赤い靴をはいてた女の子の歌？　つつみちゃんよく知ってるね。そういえば、近くの山下公園にその子の像があるよ。見にいってみる？」

つつみはぶんぶん首を振った。ライカおねえちゃんが笑う。

「安心して。おねえちゃんが言ってるイジンさんは、ニュートンさんとか野口英世さんみたいな、社会に貢献した偉い人のこと。人は連れていかないよ」

「お父さん偉い人なの？　すごい！」

尊敬の眼差しで見上げると、ライカおねえちゃんは苦笑いした。

「うちのお父さんは、偉人じゃなくて『偉人の父』だよ。苦労だけはいっぱいしたけど、特に成果は残してません。まあ普通のサラリーマンだしね」

「サラリーマンは偉人になれないの？」

「そんなことはないけど、誰もが偉人にはなれないってこと。でもお父さんは、それでいいんだってよく言ってた。歴史に名を残すことはできなくても、未来に生まれる偉人の礎になれるだけで誇らしいって。だから『偉人の父』」

話がちょっと難しい。けれどライカおねえちゃんが遠くを見て満足そうにしているので、つつみは感心したふりをした。

「でもつつみちゃん。なんで急にお父さんのことを聞いたの」

「電車の中で、夢を見たから」

お母さんとお父さんが、笑ってケーキを食べていたことを話す。なんとなく、イトコとケンカして親戚の家からひとりで帰った夏の日っぽかったと。

「つつみちゃんちょっと待って。それって本当に夢？　もしかして実際に——」

ライカおねえちゃんの言葉は、つつみの耳には入っていなかった。

目の前に広がる光景に、体のすべてが引き寄せられていたから。

「海！　おねえちゃん、海だよ！」

桟橋の向こうにある一面の青。三月の太陽に揺らぐ水平線。

自分の日常にない広大な景色を見て、つつみの冒険心がとくとくと高鳴る。

「海……？　おかしい。このまま行くと、ケーキ屋さんが海上にあることに……」

ライカおねえちゃんは、スマホを見ながら首を傾げている。

「そんなのいいから、海に行こうよ」

服の裾をくいくい引っ張っていると、誰かが近づいてきた。

「すみません。ちょっといいですか」

制服を着た女のお巡りさんが、つつみとおねえちゃんを交互に見ている。

「いくつか質問させてください。おふたりは親子ですか？　ご兄弟ですか？」

つつみと顔を見あわせてから、ライカおねえちゃんが答える。

「いえ、どっちでもありません。関係と言われると……なんだろう。今日知り合った友だち？」

お巡りさんの眉間にしわが寄った。ものすごくうさんくさそうな目つきで、ライカおねえちゃんの上から下までじろじろ見る。

「お手数ですが、みなと署のほうまでご同行願えますか」

「えっ、わたし成人してますよ」

「あなたの補導ではなく、任意の事情聴取です。女の子がひとり行方不明になっているんです。ちょうどこの子くらいの年頃で――」

お巡りさんが説明している間に、つつみは一目散に駆けだした。

「えっ、ちょっと、つつみちゃん⁉」

ライカおねえちゃんには申し訳ないけれど、ここまできたのに連れ戻されるわけにはいかない。お父さんの手がかりはすぐそこだ。

人混みをぬってめちゃくちゃに走る。目的のケーキ屋さんがどこにあるのかわからないけれど、いまはとにかくお巡りさんから離れたい。

そうやって闇雲に逃げ回っていると、やがて噴水のある広場に出た。

座ってくつろげる石のベンチがあって、周囲は大きな建物に囲まれている。海からはそれなりに離れたようだし、いったんここで作戦を練ろう。

つつみはよいしょとベンチに座り、ちらちらと辺りを警戒した。

お巡りさんは見当たらない。それにしてもお母さんにはびっくりだ。行方不明なんておおげさな話にしてまで、娘をお父さんに会わせたくないなんて。

「じゃあこれって、重要な手がかりなのかな」

スカートのポケットから、破ったケーキの箱の一部を取りだす。

貼られたシールの文字で読めるのは、『パティスリー・カワサキ○○店』というお店の名前と、住所らしき『かまぼこタワー3○』だけだ。

顔を上げて辺りをぐるりと見回す。どの建物も途方もなく背が高くて、つつみが知っている望口駅前の「ミクティ」みたいにビルの名前が書いてない。

急に不安がこみ上げてきた。いままでたくさん冒険をしてきたけれど、どこもそれなりに知っている場所だった。初めての街でひとりぼっちの経験はない。

「……別に平気だし。つつみもう八歳だし。ちょっとライカおねえちゃんが心配なだけだから。おねえちゃん迷子になってたから」

自分に命じるように言い聞かせる。けれど鼻の奥がつんとなった。

道案内は頼りなくても、やっぱりおねえちゃんがいないと心細い。

「……つつみ、ピンチかも」

足をぶらぶらさせながらつぶやいた。でもあのペンギンは駆けつけてくれない。

マカロニのおにいさんだって現れない。正義の味方なんてうそばっかりだ。

そんな風につつみがやさぐれていると、隣に座った人が言った。

「お嬢ちゃん、どうかしたのかな?」

つつみはぱっと顔を上げる。けれど目の前にいるのは、マカロニのおにいさんじゃなかった。どちらかと言えばあのペンギンに近い、知らない太った男の人だ。

「さっきからひとりみたいだけど、ママとはぐれちゃったの?」

つつみは答えない。知らない男の人には気をつけなければいけないからだ。ヨコハマにはイジンさんだっている。つつみは用心深い。

けれど続けて「じゃあパパはどこ？」と聞かれたとき、つつみはうっかり「ケーキ屋さん」と返してしまった。ずっとそればかり考えていたから。

「へえ、どこのお店かな？　僕はケーキ屋さんには詳しいよ。それかい？」

手に持っていたケーキの箱の一部に、男の人が顔を近づける。

「……このお店なら、よく知ってるよ」

「えっ、本当？」

「うん。そこにパパがいるなら、僕が連れていってあげようか？」

太った男の人は、にこにこしながらつつみを見下ろしている。

ライカはさすがに笑えなかった。

『助けが必要な人は、なんどだって助けてあげる』

イルカさんから伝えられたその言葉を、ライカは自分なりに解釈した。

つつみちゃんは賢い。放っておいても、いずれはお父さんの死に気づいてしまうだろう。だから秘密を探る手伝いをするだけではなく、事実を知った後のつつみちゃんもきちんとケアするべきだと。

人助けを申し出るなら、そこまでしなければ意味がない。そんなイルカさんの思想に感銘を受け、ライカは覚悟をもって桜木町へやってきた。

にもかかわらず、いまのライカはつつみちゃんを見失っている。

それどころか、警官に追われてみなとみらいを逃げ回っている。

かけらも人を助けていない。正義の味方が聞いてあきれる。見知らぬ場所でひとりぼっちにされたつつみちゃんの不安を思うと、情けなさすぎて涙が出そうだ。

「……泣いてる場合じゃない。ちゃんと考えないと」

ライカは物陰に身を潜めた。深呼吸をして体と心を落ち着かせる。

つつみちゃんが警官に話しかけられて逃走したのは、自分が連れ戻されると考えたからだろう。『ちょうどこの子くらいの年頃』と聞いて、お母さんが邪魔していると誤解したのかもしれない。

「だからつつみちゃんは、なんとかケーキ屋さんを探そうとするはず……」

となればライカに声をかけたように、誰かに頼る可能性が高そうだ。

「無闇にあちこち探し回るより、ケーキ屋さんへ直行しよう」

ライカも絶賛迷子中だけれど、辺りに人が多いので道は尋ねられる。

まずはあそこのカップルに声をかけようと、一歩踏み出したときだった。

「ニガリ先輩見て見て！　『桜木町でペンギン女が逃走中』だって！」

「ブラックスーツを着るだけでペンギンか？　ネットのルッキズムにかかれば、『警察が追う幼女誘拐犯』というマストの情報もたやすくスポイルされるな」

カップルがスマホを見ながら話している内容に息をのむ。

まさかとSNSを確認したところ、表示された検索結果は無残だった。

黒いスーツを着た人物の写真は、ブレ気味ではあるもののライカだとわかる。その画像に対し、人々はあることないことつぶやいていた。

『こいつ誘拐とかマジ最低』、『現行政権の犠牲者』、『いかにもやりそうな顔』、『撮影してないで追いかけろよ』、『俺この犯人いけるわ』、『前も桜木町でペンギン強盗ってなかった？』、『これはキマってる目』、『ブラックマジック団！』――。

どれだけスクロールしても、事実を調査した情報はない。人々は無条件で糾弾するか無意味なネタをつぶやくだけで、ライカの窮地を娯楽として消費している。

「あれ？」

突然膝が折れた。その場にうずくまって口元を押さえる。

ライカは日頃から繊細なほうではない。しかし唐突な悪意の奔流に体のほうが耐えきれなかった。立とうとしても、骨がなくなったみたいに足首がくねる。

「無理するな新人。これ使え。吐き気が収まる」

誰かがリップクリームが差しだしてくれた。

顔を上げると、ぺこりとお辞儀している三白眼と目があう。

「アデリー！　なんでここに……？」

「おまえはいま、不特定多数の悪意に攻撃された。敵意じゃない。暇人の身勝手な正義感による、単なる意地悪の標的だ。おぞましいだろ？　俺たちの組織とは真逆の感情だから……早く使えよ。とろくさいやつだな」

呆然としていると、アデリーが唇にリップクリームを塗ってくれた。ミントの刺激的な香りのせいか、吐き気がじょじょに消えていく。

「……楽になったかも。アデリー、わざわざ助けにきてくれたの？」

「そんなわけないだろ。俺たちの現場も桜木町だ。矢野口陽葵、八歳。昨日の夕方に学童保育を出てから姿が見えない。今日の昼に桜木町で太った男と歩いているのを見かけたと、知人から母親に連絡があった。みなと署は誘拐事件として——」

さっきの女性警官もそんなことを話していた。いまこの街には誘拐犯がいる。

そしてつつみちゃんは、ひとりぼっちでお父さんを探している。

「アデリー！『かまぼこタワー』ってどこにあるかわかる？」

「おまえの目は節穴か？　目の前にあるだろ——おい！」

ライカは走りだした。自分は本当に視野がせまいと身に染みる。ほんの少し離れて見れば、これがかまぼこの形を模した建物とわかったはずなのに。

かまぼこタワーの中に入ると、建物の中央には吹き抜けがあった。下層はショッピングモールになっているらしい。目指すケーキ店は三階だ。

エスカレーター脇の階段を駆け上がる。すると買い物客が叫んだ。

「あっ！　誘拐犯！」

下りのエスカレーターにいた男性警官が、ライカに気づいて逆走してくる。

「違います！　わたしは誘拐犯じゃありません！」

言い逃れながら三階へ到達した。立ち止まってつつみちゃんを探す。

「……いた！」

数メートル先に、見覚えのある小さな姿が歩いている。

その隣には、見知らぬ太った男が一緒にいる。

「観念しろ！　女の子はどこだ！」

追いついてきた警官に腕をつかまれた。

「わたしは誘拐犯じゃないです！　本物はあっち！」

太った男を指さすと、警官が戸惑いながらライカと男を交互に見る。

「ライカおねえちゃん！　ちゃんとこれたね！」

つつみちゃんがライカに気づいて笑った。

警官が「そっちか！」と、警棒を抜いて男のほうへ走る。

「お父さん！　あぶない！」

信じられないことに、つつみちゃんは太った男に向かってそう言った。

警官は面食らったが、勢いのついた体は止まらない。警棒で殴りこそしなかったものの、太った男とまともにぶつかった。

ふたりはもつれてガラスの腰壁に衝突する。

そのままぐらりとかたむいて、壁の向こう側——吹き抜けの一階へ落ちる。

つつみちゃんが、この世の終わりのような悲鳴を上げる。

まるでそんな台本があったかのごときタイミングで、ヒーローは少女のピンチに駆けつけた。

「よっと。あんたたち、俺がペンゲンでよかったな」

右手で警官、左手で太った男の足首をつかみ、マカロニがふたりを引き上げる。

「マカロニのおにいさん！」

つつみちゃんが駆け寄ると、マカロニはひざまずいて花を咲かせた。

「お嬢ちゃん、待たせたな」

かまぼこタワーの上から下までが、歓声と嬌声（きょうせい）に沸いている。誰もが奇跡のような一場面と、マカロニの筋肉に惜しみない拍手を送っていた。

そこへ感動の渦をかきわけて、警察手帳を持った男性がやってくる。

「みなと署の園真坂（そのまさか）です。こちらの伝達ミスがあったようで、みなさんにはご迷惑をおかけしました。捜査へのご協力、心より感謝いたします」

おそらく刑事と思われる園真坂さんが、マカロニに向かって敬礼した。

「アー！　おつかれライカ。ぼくたちのほうは、とっくに解決したよ」

コガタが隣にやってきて、なぜか刑事を含む一同をスマホで撮影している。

「コガタくん。わたし状況がさっぱりわからないんだけど……」

「ひまりちゃんちは離婚してるんだよね。お父さんと会えるのは月二回だって」

どうやらコガタたちが担当した依頼の概要らしい。

　学童保育から帰宅したひまりちゃんは、自宅でお父さんから電話を受けた。面会は明日の予定だったが、声を聞いてひまりちゃんは早く会いたくなったという。

「ひまりちゃんはお母さんに書き置きを残すと言って、その夜はお父さんのマンションに泊まった。でもそれはひまりちゃんのうそで、お母さんには連絡がいってなかったんだ。たぶん連れ戻されると思ったんじゃないかな」

　ひまりちゃんは悪知恵が働くらしく、お父さんの携帯まで電源を切る念の入れようだったらしい。心配したお母さんは警察に連絡した。そのタイミングでお母さんのママ友から、横浜でひまりちゃんを目撃したと情報が寄せられた。

「太った男、つまりひまりちゃんのお父さんと一緒にいたってね。親による子どもの誘拐ってよくあるけど、今回は完全に誤解なんだよ。警察も情報が不完全で混乱してたから、ぼくらが親子を見つけてちゃちゃっと解決したってわけ」

「なるほど。事件じゃなかったんだ……ん？　じゃあ誰から依頼があったの？」

「誰からもないよ。ぼくが仕入れた情報を教えたら、支配人が『それはかわいそうですね』って動いただけ。【ペンギン同盟】が勝手にやっただけー」

　コガタが得意顔でおどける。その情報をどう仕入れたかはさておき、組織は純粋な善意で人助けをしたようだ。ネットの悪意とは真逆の行動だとしみじみ思う。

「そんで事件も解決したから帰ろうかと思ったら、『ペンギン女』がSNSでバズっててさー。見たらやっぱりライカで、かわいそうだけど笑っちゃったよ」

「大変だったんだよ……なんで組織はこんな目立つかっこうさせるの……」

「目立つ？　逆だよ。ペンギンのかっこうは目立たない」

　その感覚は理解できないけれど、ペンギンを模しているのは正解らしい。

「話を戻すよ。ライカが困ってるみたいだったから、ぼくはすぐにドローンを飛ばした。そんで物陰にいるのを見つけて、アデリーを向かわせたってわけ」

「じゃあ今回のわたしは、無駄に騒ぎを大きくしただけってこと……？」

　ひまりちゃんと一緒にいたのは『太った男』とアデリーから聞いて、ライカはつつみちゃんの隣にいた男性を誘拐犯だと早とちりした。

　太った男性なんて世の中にいくらでもいる。もっと事態を俯瞰していれば、つつみちゃんがお父さんと呼んだ人物を危険な目に遭わせることもなかった。

「ライカ、そんなにへこまなくてもいいよ。みんな無事だったし」

「へこむよ……飛べないペンギンだってドローンで鳥の目を持ってるのに……」

「でもライカの仕事はこれからでしょ。ほら」

　コガタが指をさしたほうに、つつみちゃんとあの太った男性がいる。

短いながらもつつみちゃんとすごし、ライカはおぼろげにわかってきた。

たぶんつつみちゃんは、最初から知っていたのだと思う。

あの男性が、自分の「お父さん」だということを。

「これは映画じゃなくって現実だからね。ラストにドンパチして悪を倒して終わりじゃない。そもそもそれは警察の仕事。ぼくらの敵はいつだって悪意。掲げる武器はしたがって善意。がんばってエンディングまでもてなしてー」

コガタがにっと笑ってピースサインをした。

「うん……そうだね。わたしにできるかわからないけれど」

それでもライカは、つつみちゃんの力になってあげたいと思う。

助けが必要な人は、なんどだって助けてあげるべきだから。

「……でもやっぱりちょっとへこむから、コガタくん抱っこさせてくれない？」

「いいよー」

ぱさりと床に黒いスーツが落ち、中から子ペンのコガタが現れた。

「ああ、コガタくんふわふわ……四の五の言わずに抱かせてくれるの好き……」

「ぼくも抱っこされるの好きだよ。別にライカじゃなくてもいいけど」

「コガタくんって、ときどきアデリーより心をえぐってくるね……」

それでもいまのライカには、子ペンのぬくもりが切にありがたかった。

つつみは目をしばたたいていた。

赤いローストビーフに、緑色のサラダ。黄色いかぼちゃのスープに、白いマンゴーミルク。黒いオリーブの実に、紫色の大粒な巨峰。

テーブルの上にはまるで宝石みたいに、たくさんの料理がきらきら輝いている。

これは全部、マカロニのおにいさんが用意した朝食だ。おにいさんの本当の仕事はコックさんらしい。手品ができて、つつみのピンチに現れて、おまけにすてきな料理もできる。おにいさんは本当にヒーローだ。

部屋の隅に立っている本人を見ると、こっちに手を振ってくれた。

つつみはなんだか恥ずかしくて、抱っこしている子ペンギンをぎゅっとする。

「おおよその事情は、ライカさんからうかがっています」

大きな丸いテーブルの真ん中で、どでかペンギンがしゃべりだした。

このペンギンは支配人という名前で、ホテルで二番目に偉いらしい。

昨日つつみとお母さんは、ペンギンの計らいでホテルに泊まった。なぜかひまりちゃん一家も泊まっていたので、一緒に大きなお風呂で遊んだ。おかげですっかり疲れてしまい、夜はふかふかのベッドですぐに寝てしまった。

朝になってみんなでご飯を食べたかったのだけれど、つつみとお母さんはひまりちゃんたちと別の部屋に案内された。待っているとお父さんもやってきた。

どうもこれからご飯を食べながら、いろいろと話しあいをするらしい。

「すみません。みなさまにはたいへんなご迷惑をおかけしました」

お母さんが向かいのペンギンに謝ると、隣でお父さんも一緒に頭を下げた。

「迷惑だなんてとんでもありません。これは我々の仕事です」

ペンギンも自分のおへそを見るみたいに、くいっとお辞儀する。

「なんか、普通のおじさんみたいだね」

つつみが言うと、隣のライカおねえちゃんが吹きだした。そのまた隣でオーナーのおばあさんもくすくす笑っている。

「確かにそうね。ペンゲンも人間も、見た目以外はまるで変わらないわ」

ペンギンの中には人の姿になれる「ペンゲン」というのがいるらしい。いまつつみが抱いている赤ちゃんも、実はちっちゃいおにいさんが変身した姿だ。

最初はマカロニのおにいさんの仕業かと思ったけれど、ライカおねえちゃんが笑顔だったので手品じゃない。おねえちゃんはうそをつけないタイプだから。

「子ども、これ食ってみろ。うまいぞ」

目つきの悪いおにいさんが、つつみの前にお皿を置いた。

「サーモンマリネ！　ありがとうアデリー。つつみちゃん、食べて食べて」

ライカおねえちゃんがひとくち頬張り、幸せそうに目を閉じる。

「そんなにおいしいの？　つつみマリネ苦手」

お母さんがお惣菜(そうざい)で買ってくるのは、とても酸っぱいから。

「すっごくおいしいよ。わたしもマリネ苦手だったけど、マカロニさんが作ったのを食べたら世界が変わっちゃった。いままでの人生損してたよ」

正直者のおねえちゃんにそこまで言われたら、さすがに食べたくなってしまう。

つつみはよしと勇気を出し、マリネを口に放りこんだ。

「……なんかお寿司(すし)みたい。酸っぱいんだけど酸っぱくない」

「そうそう！」

「肉厚でトロっぽくて、でも溶けちゃうみたいにやわらかい。海の味です」

「そうそう！　……つつみちゃん、食レポこなれてるね……？」

鍵っ子はテレビっ子だから。でもこのサーモンマリネは本当においしい。ほかのお店だったら、きっとものすごく高いメニューだと思う。

「ライカおねえちゃん。レストランのほうでは、いくら食べてもお値段一緒？」

「一緒だよ。コペンの朝食ビュッフェは、宿泊料金に含まれるから」

「じゃあマリネはみんなで取りあいだね」

「そうならないように、マカロニさんがたくさん作るんだけどね……」

ライカおねえちゃんが、ふうとため息をついた。

なんでもお客さんの中には、料理を取るだけ取って残す人がいるらしい。

「ふうん。つつみは絶対に残さないよ。嫌いなピーマンも食べるよ」

「え、なんで？　教えてつつみちゃん」

答えてあげようとしたところで、お母さんがつつみの名前を言った。

「――つつみはもう八歳で、親が言うのもなんですが賢い子です。家族の問題にくちばしをつっこみたくないという、支配人さんのお気遣いには感謝します。ですがみなさんがいてくれたほうが、この子の理解も早まるはずです」

お母さんの横で、お父さんもうんうんうなずいている。

「それでは……不肖ながらおうかがいさせていただきます」

ペンギン支配人が遠慮がちに切りだした。

「つつみちゃんのお父さまは、やはり他界……亡くなられているんですか」

「はい。この子が一歳のときに。河川での水難事故でしたが、どちらかと言えば病気です。アルコール依存症でした」

お母さんがつつみを見た。ちゃんと聞いてるよと目で伝える。

「誕生日に父親の名前でケーキを送るようになったのは、娘があまりに不憫だったからです。せめて物心がつくまでは、父親がいると信じさせてあげたくて。いつの日か大きくなったら、自然に気づくだろうと思っていました」

「クリスマスのサンタクロースのように、ですか」

ペンギンがよいしょと袋をかつぐ仕草をした。おかげで話がわかりやすい。

「……はい。事故が起こったとき、私は大学生でした。退学せざるを得なかったんですが、当時先輩だった彼に理由を聞かれて話したんです」

あとはお願いというように、お母さんがお父さんを見る。

「登戸と言います。彼女――稲田さんとは登山サークルで一緒でした。僕は洋菓子店に就職が決まっていたので、サンタ役を引き受けることにしたんです。ずっと続けるべきではないと思っていたんですが……ごめんね、つつみちゃん」

お父さんがこっちを向いて謝った。なんでそんなことをするんだろう。

「すみません。部外者ですが、これだけは言わせてください」

ずっと言おうと思っていたみたいに、ライカおねえちゃんが立ち上がった。

「つつみちゃんは、全部気づいています」

「全部……なんのことでしょうか」

お母さんはとぼけたつもりだろうけれど、表情の変化はごまかせなかった。あれはつつみのランドセルから、セミ三十四が出てきたときと同じ顔だ。

「全部です。だからもう、隠さなくても平気ですよ」

おねえちゃんがちらりと見ると、オーナーのおばあさんがにっこり笑った。

「稲田さん。あなたの娘はすごいのよ。伝説の冒険家みたいに、あなたが隠した宝物をみーんな見つけちゃったんだから。ね？」

うんと、オーナーのおばあさんにうなずいてみせる。

「隠してなんて……いえ、そうですね。つつみ、ごめんね。あなたのお父さんは、もうずっと前に死んじゃってたの。昨日はそれを言おうとして——」

「お父さんは生きてるよ？　ほら」

昔よりも、だいぶ太ったお父さんを指さした。

「違うんだ、つつみちゃん。確かにケーキを送っていたのは僕だけれど、僕はお母さんの……友だちなんだ。赤の他人だから、きみのお父さんじゃないんだよ」

「でも、お母さんだって血はつながってないよ？」

お母さんもお父さんも、つつみの言葉を聞いて顔色が変わった。

「これはわたしの推測が混じるんですけど、おふたりは学生時代からおつきあいされていたんじゃないですか？」

ライカおねえちゃんに聞かれると、お母さんは声を上げて泣きだしてしまった。

お父さんがお母さんの背中を抱きながら、代わりに「はい」と答える。

「お母さんは、夏休みにつつみちゃんを親戚の家に預けましたよね？　イトコとケンカをしてしまって、ひとりで帰ってきたことがあったはずです。おそらくつつみちゃんは、ケンカの理由をかたくなに言わなかったんじゃないですか？」

お母さんが手で顔をおおったままうなずいた。

「やっぱり。ケンカの原因は、イトコがつつみちゃんとお母さんの血縁を暴露したことだと思います。信じなかったつつみちゃんは、怒ってひとりで帰宅しました。そのときに、ケーキを食べているお母さんと登戸さんを目撃したんです」

つつみの膝の上のペンギンが、「なるほどねー」と飛び降りた。

「つつみちゃんは混乱しました。目にした光景を夢だと思いこむくらい。でも最終的にお母さんを信じます。たとえ血はつながっていなくても、自分にたくさん愛を注いでくれた人を。だからつつみちゃんのお父さんはいまも冒険家で、パティシエの登戸さんがお父さんなんです——マカロニさん！」

ライカおねえちゃんが大きな声で叫ぶと、いきなりパチンと電気が消えた。

「一日遅れになっちまったが、お嬢ちゃん誕生日おめでとう！」

闇の中に小さな炎が八つ揺れている。【ペンギン同盟】の人たちがハッピーバースデーを歌ってくれた。つつみは思い切りろうそくの火を吹き消す。

クラッカーが鳴って電気がつくと、いつの間にか部屋が飾りつけされていた。

つつみの目の前には、昨日食べられなかったお父さんのケーキまである。

「同じ料理人の俺にはわかるぜ。このケーキの表現力は、写真を見ただけで出せるもんじゃない。登戸さん、あんた現地で相当観察しただろう？」

マカロニのおにいさんが聞くと、お父さんがはにかみながらうなずいた。

「恥ずかしながら、つつみちゃんのためにできる限りのことをしたくて。それで世界中を旅行するようになりました。南極は……寒かったです」

「そういうやつを、人は冒険家って呼ぶんだ。そうだろ、お嬢ちゃん」

つつみがうなずくと、お父さんまで鼻をすすり始めた。

「ごめんね、つつみ……本当にごめんなさい……」

お母さんがぎゅっと体を抱いてくる。少し痛いけどいまは我慢だ。

「こんな風にうそをついたのは、あなたが亡くなった兄の子どもだからなの。つつみの本当のお母さんは、まだ一歳のあなたを実家に預けていなくなった。両親がふたりともいないなんて、残酷すぎるから……」

「本当のお母さんは、ここにいるよ」

お母さんをぎゅっとすると、わあっと思い切り泣かれてしまった。

「じゃ、あとは『お父さん』だな」

マカロニのおにいさんが、お父さんの背中をどんと押す。

「その……彼女がつつみちゃんを引き取ると決めたとき、僕はプロポーズして一緒に育てる自信がありませんでした。だから裏方に徹し、つつみちゃんがいない間にときどき彼女と会うだけでした」

うつむき加減だったお父さんが、急にきりっと顔を上げた。

「でも、今日つつみちゃんとみなさんから勇気をもらいました。だからきちんと伝えます。僕と結婚してください。僕の娘になってください」

ペンギン支配人みたいに大きな両手が、つつみとお母さんを待っている。

ふたりで同時に手を取ると、みんなが拍手して祝ってくれた。ライカおねえちゃんなんて泣きながら喜んでくれた。ちょっと鼻水が出てた。

一日遅れだけれど、今日は人生で一番すてきな誕生日だと思う。

だから悲しくなんてないはずなのに、なぜかつつみも涙が出てきた。

お母さんに抱きしめられながら、赤ちゃんペンギンをなでる。

それでも涙が止まらない。とうとうしゃくり上げてきた。

「マカロニさん！　アデリー！　ふたりとも子ペンになって！　コガタくんだけじゃもふもふが足りない！」

つつみは三羽の子ペンをなでながら、冒険の成果にたいへん満足だった。


ライカも大浴場でご満悦だった。

「仕事のあとはお風呂に限りますねえ、ミズハさん」

ここは男性浴場だし、ライカも湯に浸かっているわけではない。

ペンギンたちが水遊びしているのを、ふやけた顔で眺めているだけだ。

「善意のライカはいい仕事をした。存分に楽しんで」

ミズハは両足をお湯に浸しながら、三つ星マークのビールを飲んでいる。

「二つ名やめてくださいってば。それにすごいのは、つつみちゃんたちですよ」

登戸さんはパティシエになり、別人レベルで体重が増えたそうだ。おかげで最初はつつみちゃんも、あの夏に見た「お父さん」とは思わなかったらしい。話しているうちに声が同じだと気づき、ようやく確信したそうだ。

登戸さんも写真は見ていたけれど、声をかけたときには女の子がつつみちゃんだと気づかなかったという。日ごとに成長する年頃ではさもありなんだろう。

「だってお互いが、それと知らずに出会っちゃうんですから。やっぱり親子の絆みたいなものってあるんですね。血なんかよりも、ずっと濃いつながりが」

お母さんに至っては、離婚どころか結婚もしていない。ライカと変わらない歳の頃に姪を娘にしたのだから、その決断には頭が下がるばかりだ。

「そこはペンギンと似てるな。俺たちにも血縁はあるが、基本は集団全体が家族みたいなものだ。親を失った子がいれば、独身の誰かが拾って育てもする」

アデリーペンギンがトボガン滑りでやってきた。

「ほかにも吹雪の日には、数十羽でローテーションしつつハドリングで暖を取ったりもする。人間も寒いときにするこういうやつだ」

いきなり人間の姿になって、アデリーがぐいぐいおしりを押しつけてくる。

「わかった！　おしくらまんじゅう！　タオル巻いて！」

いくら人間が下手といっても、このデリカシーのなさは問題だ。早急に教育せねばとアデリーを見て、ライカはあごが外れそうになった。

「あ、アデリー……？　いま使ってるリップクリームってまさか、昨日わたしに貸してくれたやつ……？」

「当たり前だが？　こんなもの二本も三本も持ち歩くやつはいないが？」

アデリーはこともなげに言って、唇にリップクリームを塗りこんでいる。

「間接キスくらいで赤くなるなんて、ライカちゃんは純情だな」

火のついてない海苔タバコをくわえたまま、マカロニがくっくと鳴いた。

「『間接キス』？　マカロニ、それは魚か？　『直接サバ』もいるのか？」

「アデリーは知らなくていいから！　そっ、それよりマカロニさん、今回は八面六臂(はちめんろっぴ)の大活躍でしたね！　なんだか『マカロニ』って名前の響きも、一周回ってかっこよく感じるようになりましたよ！」

「ライカって、話そらすの下手すぎだよねー」

「手がぱたぱたしちゃってるもんな。こんな風に」

コガタペンギンとマカロニペンギンが、肩を組んでダンスを踊り始める。フリッパーで羽ばたきながらお尻を振って、ライカの動揺を表現しているらしい。

ペンギンたちは無表情だけれど、人間だったらきっとにやにやしているだろう。悔しい。腹立たしい。でもかわいい。ずるい。

ライカはため息をつきつつ、激しさを増すダンスに大笑いした。

「ところでライカちゃん。例の宿題、どうなってる？」

マカロニが翼で汗をぬぐいながら聞いてくる。

「ふふふ。ばっちり考えてきましたよ」

ライカがにやりと笑ってみせると、「なんの話？」とコガタが食いついてきた。ビュッフェの食べ残し防止策を思案中だと、その場のみんなに説明する。

「とりあえず俺が思いついたのは、きれいに食べてくれた客にはラウンジのコーヒーチケットを一枚サービス、ってところだな」

いいかもと思ったけれど、マカロニの提案はミズハに却下される。

「物で釣るのはスマートじゃない。チケットは本来お詫び用」

「だねー。こういうのって経営方針も大事だし。ぼくらの仕事はあくまでお客さんをもてなすこと。ライカはどんなの思いついたの？」

「あっ……いや、えっと……」

コガタの問いに、ライカはもにょもにょと言葉を濁した。

「新人、おまえ経営のことをまったく考えてなかったんだろ？　こいつはわくわくするな。早くそのアホなアイデアで俺を笑わせてみろ……いてっ！」

あおるアデリーの鼻をはじき、ミズハが無表情のままこちらを見る。

「言ってみてライカ。笑ったペンギンには代案の提出を課す」

鼻を押さえていたアデリーが、不満そうにそっぽを向いた。

「じゃあ言いますけど……その、キッチンを見せればいいかなって」

「キッチン？　俺たち料理人の仕事を見せるってことか？」

「そうです。壁を透明にするとかして、マカロニさんたちが一生懸命料理を作っているところをお客さんに見せるんです。どれだけ手間暇かけているかを」

この案の元ネタはつつみちゃんだ。つつみちゃんが嫌いなピーマンですら残さないのは、シングルマザーのお母さんを見ていたかららしい。仕事から帰ってきて疲れているのに、娘のためだけに根性で料理を作る姿を目の当たりにしたら、

『残せるわけないよ。だってお母さん命がけだもん』

となったという。アデリーが教えてくれたペンギンの子育てと同じだ。

「そいつは……レストランスタッフからは絶対に出ないアイデアだな。自分たちの仕事を見せてもてなしになるなんて、さすがに思えるわけがない」

マカロニが言うと、コガタがいやいやとくちばしを振る。

「日本人には効果的だと思うよ。現に寿司屋(すしや)のカウンターで食べ残す人っていないでしょ。物理的な距離が遠いと、人間は態度が横柄になる。いまはキッチンが壁で見えないから、みんな気を使わないんだよ」

その言葉でライカは思いだした。距離が遠くて近いＳＮＳの人々を。

あれからどうなっているだろうかと、こっそりスマホで検索する。

一番上に話題のつぶやきが表示された。園真坂刑事が【ペンギン同盟】に向かって敬礼する写真が貼られている。

『誘拐事件の解決に協力ってマ？』、『謎の黒スーツ軍団かっこよすぎん？』、『ペンギンのゆるキャラ知らんかった』、『正義の味方ってガチでいるんだ』――。

人々のコメントは、くるりと手のひらを返して好意的だった。

「だから言ったでしょ。『そんなにへこまなくていいよ』って」

浴槽のふちに立って、コガタがスマホをのぞきこんでいる。

そういえば、あのときコガタは携帯で撮影をしていた。情報入手が得意なコガタペンギンは、そのコントロールにも長けているらしい。

お礼のつもりでコガタをぎゅっと抱きしめると、子ペンのもふもふではなく成鳥のもこもこ感があった。見た目にそぐわぬ大人っぽさにちょっとどきりとする。

「ライカのアイデアで問題となるのは、その問題外のコスト」

笑いこそしなかったものの、ミズハはばっさり切り捨てた。

さすがに「ですよね」と思わざるを得ない。キッチンの改装費用なんてまるで考えもしなかった。かまぼこタワーの件がまるで視野の拡大につながっていない。

「いえ、やってみましょう」

背後の浴槽からざぱんと音がして、怪獣のように支配人が出現した。

無垢な瞳のペンギンに悪意はないようだけれど、不意打ちに弱いライカは毎回「うわあ！」と飛び上がってしまう。

「お客さまに我々の考えを押しつけることはできません。なので現状を維持していましたが、ずっと気になっていました。大量に食べ残しをされるお客さまを見て、不快に思われるかたもいらっしゃるのではないかと」

　支配人は自分で納得するように、ひょこひょこうなずいた。

「改装コストは膨大です。効果も上がらないかもしれません。でもそれでいいのだと思います。我々の組織は、これまでも『少しずつ』やってきましたから」

　ライカを除いた組織の全員が、「だな」、「だね」と賛同の声を上げる。

「では早速、見積もりを取ってみましょう。ミズハさん、ご助力願います」

　支配人は高速で体を振って水滴を飛ばすと、ミズハを伴い大浴場を出ていった。

「さて。今日はこれでお開きかな」

　マカロニが海苔タバコを耳にはさんだ。

「今回つつみのお嬢ちゃんは、伝書鳩(でんしょばと)みたいにあるべき『家』へ飛んで帰った。俺もときどき故郷がなつかしくなるが、いまは組織が我が家だと思ってる。支配人が言ったみたいに、これからも『少しずつ』がんばっていこうぜ兄弟」

　組織は「少しずつ」、なにを成し遂げようとしているのだろう。完全な善意と思われたつつみちゃんやひまりちゃんの件も、別の目的が存在するのだろうか。

「あの、【ペンギン同盟】ってなにが目的なんですか」

　ライカはぼそりと口にしてみた。

　しかし誰も答えない。みなが明らかに聞こえないふりをしている。

不安を覚えると同時に、廃ビルでの記憶がよみがえってきた。

「ねえコガタくん。情報を入手するって、いろいろ悪いこともしてるの？」

「ぼ、ぼくのはトイドローンだから、法律違反じゃないよー」

コガタは逃げるように去っていく。

「マカロニさん。【ペンギン同盟】は正義の味方ですよね？　法に触れる悪いことなんてしてないですよね？」

「……正義ってのは、立っている場所によって違う。悪いな、ライカちゃん」

マカロニもかっこうつけつつ、そそくさと姿を消した。

「アデリーは教えてくれるよね？　ミズハさんは、人なんて殺してないよね？」

「……ミズハは冷血女だ。俺にできないことも、あいつはやれる」

アデリーも足早にいなくなる。

「ちょっ、ちょっと……なんなのみんな……」

ライカは大浴場でぽつねんとしていた。胸騒ぎで息が苦しかった。

その横を、ヒゲペンギンが気まずそうに通りすぎていく。

Secret Society
PENGUIN
UNION

[Third Penguin]

目が覚めるとひとりぼっちで、そこにバードはいなかった

小鳥に配られたカードは、やっぱり最悪だった。

ゲームはテキサスホールデム。深くかぶったニットキャップで目の動きを隠し、もう一度確認した手札はハートの2とスペードの8。場にさらされた共通カードはすべてダイヤの4、J、9で、目下はなんの手役も望めない。

こうした小鳥の運の悪さは、いまに始まったことではなかった。

父はギャンブル沼にずぶずぶの債務者。母は小鳥が小学生の頃に蒸発。おまけにつけられた名前は、頭がお花畑すぎるメルヘンネーム。こんな冗談みたいなカードを配られた女の子がまともな人生を――これが案外送れている。

小鳥は母に似て顔立ちがよかったし、父を反面教師に勉強もがんばった。そのおかげか、友人たちは「コトちゃん」呼びで親しんでくれている。

今月は大学にも受かった。ランクは高くないが授業料完全免除の特待生だ。

これでようやく小鳥にも春がくる。バイトだ家事だと、彼氏を作るひまもなかった人生とはおさらば――するはずだったのに。

「どうしたネエちゃん。いまさらビビることなんてないだろ？」

鹿島田（かしまだ）がにやにや笑いながら、テーブルにチップを積み上げた。

「あんたここまでバカヅキだ。次も勝つに決まってる。そうすりゃ借金帳消しがまた近づく。おまえら親子は、大手を振って街を歩けるぜ」

学もないのに、自分の頭がいいと思っている三下（チンピラ）。

一匹狼（イッポンドッコ）でやっているつもりで、上納金（カスリ）で威を借りているだけの闇金（ヤミキン）。

そんな鹿島田から父が金を借りたのは、すでに自己破産しているからだ。

どこの金融機関からも融資を受けられず、父は鹿島田の「ペリカンローン」にはめられた。十日に一割（トイチ）の暴利が苦しくても、一度目の理由がギャンブルなので二度目の破産手続きは許されない。弁護士だって債務整理を引き受けてくれない。

鹿島田は恐喝まがいの取り立てをする。けれど債務が膨らんでも、マンガみたいに肝臓を売れとか生命保険に入れとは言わない。父はきちんと働いていて、ぼちぼち給料をもらっているからだ。鹿島田はそれを一生吸い上げるつもりでいる。

小鳥の正面に座っているのは、そういう現実的な悪魔だ。

そのくせ債務者の娘に対し、「俺にポーカーで勝ったら、親父（おやじ）の借金を帳消しにしてやるよ。ただし――」とのたまうような、マンガ顔負けの外道でもある。

しかし鹿島田はしょせん闇金だ。銃（チャカ）も刃物（ヤッパ）も持ってない。仮にもめごとが起きたって、組（ケツモチ）が動いてくれるかあやしいものだ――。

ああと、小鳥は自らの身の上を嘆く。脳内にマル暴用語が飛び交うＪＫになんてなりたくなかった。もっとゆるふわで、ゆめかわいいものに囲まれていたかった。

でもこの勝負（カチコミ）がうまくいけば、そんな荒（すさ）んだ生活も終わりになる。

夢にまで見た、タピオカとかパンケーキとかが近づく。

「あたしはビビってないし。これが『弱い犬ほどよく吠（ほ）える』ってやつ？」

小鳥は鼻で笑ってみせた。伸ばした袖で手の震えを隠して。闇金事務所で男に囲まれているのだから、本当はガチ泣きしそうなほどに恐ろしい。

「威勢がいいな女子高生。またいい手が入ったか？」

「そうかもね。あたしもブラフで勝てるとは思ってないし。でもその前に」

小鳥はカードをポケットにしまった。

「なんだぁおい。因縁（アヤ）つけようってのか？」

鹿島田はすごみを利かせながら、ちらりと仕事師（ディーラー）を見た。

「文句（アヤ）つけられるようなことしてんの？　ちょっとトイレに行くだけだよ」

小鳥は再び鼻で笑い、立ち上がって部屋を出ようとする。

「へぇ……鹿島田さんみたいな悪党にも、ちゃんと家族がいるんだね」

キャビネットの上にある写真立てに気づいた。写真の中の鹿島田は、妻と思しき女性と男の子の肩を抱いている。

「ああ。俺にも食わしていかなきゃいけない妻と子がいる。だから金を返してくれっつって、債務者にプレッシャーをかけるための写真だ。俺は独身だよ」

ゲラゲラ笑う声をかき消すように、小鳥は思い切りドアを閉めた。

ふうと大きく息を吐くと、ドアの向こうから「色気のない脚だ」と下品な会話が聞こえてくる。キモい死ね死ねと、ドア越しに中指を立てた。

少し気が晴れたので、トイレはどこだと辺りを見回す。

鹿島田の事務所は貸しビルのワンフロアだ。入ってすぐのところに趣味の悪い応接室がある。奥には二部屋あって、右がいまいたポーカーテーブルの置いてある名ばかりの社長室。左はドアが閉められているけれど、たぶん金庫室だろう。

トイレがあるのは入り口の脇だ。玄関にひとり、屈強な男が門番のように立っている。債務者が逃走(ケツをわる)するのを防ぐために違いない。

「ああ、またマル暴用語が脳内に……」

門番を横目にトイレへ入り、小鳥は個室で頭を抱える。

勉強する必要があったとはいえ、ちょっと任俠(にんきょう)映画を見すぎたかもしれない。しばらくは一般人(カタギ)と話さないほうがよさそうだ。

「それにしてもあのバカ。不正(サマ)がバレバレだっての」

いままでずっといい手だったのに、勝負所になったら急にクズみたいなカードが入ってきた。こっちがカマをかけるまでもなく、ディーラーに命じてカードをコントロールしているのはわかる。それでいて露骨に小鳥を持ち上げたのは、クズ手で勝負にこさせるためだろう。

ただ小鳥は、鹿島田よりもうまくやった。いまポケットにあるこのクズ手が、さもいい役であるかのようなフリをした。それが虚勢(ハッタリ)だとわかっている鹿島田は、小鳥がトイレでブラフのための精神集中をしていると考えるだろう。戻ってきたら全部かっぱいでやると、よだれを垂らして待ちわびているはずだ。

だから逃げるならいまだと、小鳥はトイレの窓を開けた。

さすがの鹿島田も、こっちが大きく勝っている段階で逃げるとは考えまい。

首を伸ばして地上を見下ろす。壁際に積もっている雪はざっと二メートル。

「次から事務所は、二階以上に構えるべきだね……よいしょ」

細長い窓から体を横向きに押し出しつつ、辺りの様子をうかがう。

向かいのマンションの一室に、対に並んだ明かりが灯っていた。見覚えがあるなと考えて、それが「ぼんぼり」だと気づく。

「もうすぐひな祭りなんだ……家族三人だった頃は幸せだった……なっ！」

体を支えていた腕がすべった。窓枠であごを強打する。意識が飛んだ。

そのまま体が横向きに転がる。地上へ向かって、背中から落ちる。

どんと全身に衝撃があり、みぞれ状の雪が飛び散った。

激痛のあまり声も出ない。息ができない体が動かない。

感じるのは、頰に触れる夜の冷気だけ。

「……った！　いった！　死ぬかと思った！　マジ死ぬかと思った！」

ようやく声が出るようになると、小鳥は全身をさすりまくった。

幸いなことに、どこの骨も折れていない。将来はスタントマンの目も出てきたねとぼんやり思う。なる気はみじんもないけれど。

「たった二階で死ぬほどの痛み……でも、やるべきことはやった」

あともうひと息と、小鳥は夜の街へ走りだす。

こんなとき、制服姿だと絵になるのだと思う。けれど小鳥の服装はもこもこダウンジャケットに、最厚デニールタイツという超防寒仕様だ。

「色気はないけど、衝撃耐性はあったね」

なんてうそぶきながら逃走していると、ようやく自宅のそばに着いた。

「ここまでは計画通り」

けれど最大の難関はこれからだと、小鳥はアパートの二階を見上げる。

部屋に明かりはついていない。不在ではなくつけられない。それが借金を抱える人間の生活であり、父は闇の中で息を殺しているはずだ。

ペンキのはげた階段を上ってドアの前に立つ。すでにおびえの気配がある。

ノブに鍵を差しこむと、父が安堵した。見えないけれどそう感じた。

「お父さん、逃げるよ」

ドアを開け、父が不抜け顔で言いかけた「おかえり」よりも先に告げる。

「に、逃げる?」

「もうすぐ、ここに鹿島田たちがくる」

父は露骨に目をむいた。「なんで」とかろうじて口が動く。

「あたしがポーカーの途中でバックレたから。早く逃げないと、あたし捕まったら売り飛ばされちゃうかも」

「ポーカーってなんで……いや、たいへんだ……! でも、逃げるってどこへ」

見事に取り乱しているが、落ち着かせているひまはない。

「東京か大阪（おおさか）か。とにかくこんな田舎じゃなくて人の多いとこ」

「でも仕事が……小鳥の学校も」

「仕事はあきらめなって。いくら働いたって元金が返せないなら意味ないし。ずっと搾り取られるのが嫌だったら、もう逃げるか死ぬしかないよ」

警察に泣きついたって、しばらく督促の電話が静かになるだけだ。

「それとあたし、もう卒業だから。そんなことも知らなかったの？」

「そ、そうだった。でも急に逃げると言われても……」

父は迷っていた。違う——迷うふりをしていた。だから答えはすぐに出る。

「……いや、決めた。新しい場所に行ったら、お父さん死ぬ気でがんばるよ」

ギャンブル狂はいつだって一発逆転を考える。都会に出れば誰でもチャンスが転がっていて、いままでの負け分を取り戻せる。父はそう計算したに違いない。

「うん。信じてるよ」

たぶん三日もすればギャンブルに逃げるだろうが、いまは黙っておいた。

父は取るものも取りあえず、小鳥は用意したキャリーケースを引いて出発する。

春のこない雪国。留（とど）まれば首つり。夜逃げする不意打ち。捨てちまえ食（く）い扶持（ぶち）。

ざっ、ざっと同じリズムで雪を踏んでいたら、頭の中で下手な韻を踏んでいた。

ときどき振り返りながらの逃走劇には、ヒップホップがよく似あう。

なんて強がってみたものの、青春とはほど遠い絵面に涙が出そうになった。

けれどここで泣いたら負けだと、小鳥は歯を食いしばって前進する。

「ごめんな、小鳥。はは。お父さん、ダメ親で本当にごめん」

言葉と裏腹に父は笑顔だった。逃げることにいくらか清々しさがあるのだろう。ともすれば鹿島田たちに、一矢報いたと思っているのかもしれない。

「はは。ダメ親なんかじゃないよ」

小鳥は父と同じ顔で笑い、選んだ言葉を突きつける。

「お父さんみたいなのは、毒親って言うんだよ」

ライカはフロントをぬすみ見た。

いつもの無表情でミズハが淡々と働いている。フロント係が仏頂面はどうかと思うけれど、仕事はできるし、ああ見えて中身は優しい人だ。

そんな笑わぬ先輩には、もうひとつ裏の顔がある。

葬儀場のバイトをクビになった三月三日。ライカは上司から餞別(せんべつ)としてもらったひなあられを食べながら、うっかり廃ビルを上って目撃した。

おびえるスキンヘッドの男を、ミズハが無慈悲に地上へ突き落とす場面を。

それだけ見ればミズハは殺し屋だろう。にもかかわらずライカがミズハと働いている理由は、自分が見た光景に違和感を覚えたからだ。

出会ったばかりで優しさの片鱗(へんりん)をのぞかせたミズハが、人を殺すとはどうしても思えなかった。本人もあれは組織の「仕事」であり、「人助け」につながることだと明言を避けた。

そこへ支配人というしゃべるペンギンが現れ、スープカレーで胃袋をつかまれ、とどめに子ペンを抱かされた結果、ライカは流されいまに至っている。

そんなこんなで、今日はとうとうホワイトデーだ。

ひな祭りの日からもう十日以上も濃い時間をすごしているのに、いまだあの事件の全貌はつかめていない。

わかっているのは、ミズハの銃が水鉄砲だったこと。

そして組織――【ペンギン同盟】は、人助けをしているということくらいだ。

組織がこれまで請け負った仕事は、ライカが見る限りホテル業務の延長に近い人助けばかりだ。おそらく報酬なんてないだろう。

では組織の運営資金は、いったいどこから捻出されているのか。

あやしいのはミズハだ。フロント係の先輩はライカの教育係でもあり、同時に入院したコンシェルジュの代理まで担当している。支配人からの信頼も厚く、お金が関係する業務では特に頼りにされているようだ。

そう考えると、ミズハは組織の中でかなりの地位にあると思われる。仕事の依頼を検討したり、金銭のやりとりを任されている可能性は高い。

そこで例の、「屋上スキンヘッド突き落とし事件」だ。

人を容貌で判断したくないけれど、あのこわもて男性はどうひいき目に見てもヤクザだろう。そしてその筋の人間なら、法に触れる悪事にも手を染めていると考えられる。きっと市井の人々にも、たくさん迷惑をかけているはずだ。

その意味でミズハがやったことは、確かに「人助け」と言えるかもしれない。困っていた人々からすれば、【ペンギン同盟】は正義の味方だ。

しかし久地やつつみちゃんのときのように、ボランティアでやっているとは考えにくい。危ない橋を渡るのだから、見返りがあってしかるべきだ。

となれば依頼人がいるはずで、ああいう手合いを目障りと考えるのは十中八九同業者だろう。つまり組織は、反社会性力から報酬をもらっていることになる。

この一連の推測が真実なら、それは絶対に許されないことだ。

どんな理由があっても、人殺しは人助けではない。久地やつつみちゃんを心からもてなしても、裏で暴力団から金を受け取っていたらすべてが無に帰る。

「おい新人。なにオニヒトデみたいな顔でミズハをにらんでるんだ」

声に振り返ると、アデリーがぺこりとお辞儀していた。あおり口調なのに礼儀正しいこのペンゲンは、やっぱり人間が下手だと思う。

「ねえアデリー。ミズハさんのことどう思う?」

「どうってなんだよ」

「どうって……なんだろう」

ストレートに殺し屋なのかと聞くのは、ちょっとためらわれた。

「なんだよ。オニヒトデのことを気にしてるのか? あのな、ミズハはミズハ、おまえはおまえだ。プロの仕事はできなくても、おまえにはおまえにしかできないことがある。それはみんな認めてる」

オニヒトデはともかく、なんだか励まされているような感じだ。

「俺は知ってる。そこに困っている人間がいても、声をかけるのは案外難しい。余計なお世話かもしれない。下心だと誤解されたら嫌だ。『いや意味が全然わからないんですけど』なんて返ってきたら。普通はそう考えて躊躇する」

アデリーはなにかを思いだしたのか、いっそうしかめっ面になった。

「だがおまえはノータイムで世話を焼きにいける。それは誇っていい無神経だ」

もしかして、仕事で失敗して落ちこんでいるとでも思われたのだろうか。全然そんなことはなかったけれど、ライカはちょっとうれしくなる。

「アデリーも同僚を気にかけてるんだね。見直しちゃったから無神経も許す」

「は？　新人風情が俺と同僚気分とかちゃんちゃらおかしいんだが？　どころか謎の上から目線に、俺の怒りは有頂天なんだが？」

キレ散らかして去っていくアデリーを、ライカは憎めず笑ってしまった。

「アー！　どしたのライカ。イトマキヒトデみたいに機嫌いいね」

したっと片手を上げながら、子ペンがよちよち近づいてくる。

「コガタくんしょっちゅうロビーへ遊びにくるけど、客室係ってひまなの？」

自分がヒトデ顔とは考えたくないので、コガタを抱き上げ逃避する。相変わらずのふわふわだ。鳥類だから「羽」なのに、「毛」に感じるくらいやわらかい。

「忙しいけど、ライカが面白いからつい顔見にきちゃうんだよねー」

「顔……そ、そういえばコガタくんの『アー！』って、組織の挨拶なの？」

秘密結社には独特の挨拶がつきものだ。しかも「アー！」という響きは、特撮物で悪の戦闘員が使う「イー！」とよく似ている。

「組織っていうか、ペンギンのコンタクトコールだよ」

「こんたくとこーる？」

「平たく言えば挨拶かな。『こんにちは』とか『さよなら』みたいな感じ？　南極調査船の人とかに向けて、氷の上から『アー！』ってやるんだよ」

なるほどイメージがわいた。きっと調査船の人たちも笑顔になって、氷上のペンギンに「アー！」と返すのだろう。

「ペンギンって、人間とコミュニケーション取れるんだね」

「アデリーもよくお辞儀するでしょ。支配人も頭を下げて羽ばたいたり。あれもペンギン・コミュニケーションだよ」

「そっか。じゃあわたしもちゃんと覚えないと。まずは『アー！』から」

「でも日本人は、もともと頻繁に『アー！』を使ってると思うよ。実は欧米人よりもフレンドリーだよね」

そうかなと考えて、すぐに気づいた。たぶん「アッ、ハイ」とか、「あっ、すいません」的な、フレンドリーとは真逆の態度から出るあれのことだろう。

コガタはにひっと笑っているので、わかった上でからかっているに違いない。

「コガタくんって、皮肉屋だよね。日本人が嫌いなの？」

少々むっとしながら子ペンを見下ろす。

「本当に嫌いだったら、ライカと一緒に漫才なんてやってないよ。えへへー」

「えへへー……って、またそうやって茶化す」

「でもほんとだよ。日本はガラパゴスペンギンもびっくりのガラパゴスで、ほかのどんな国とも違う。ぼくはいいところも悪いところもお笑いも調べただけ」

ガラパゴスは文脈的にいい意味ではなさそうだ。

「それじゃあこの流れで聞くけど、ライカ知ってる？　ペンギンって群れて暮らしてるのに、サルやオオカミみたいにボスはいないって」

「そうなの？　でも組織では、支配人がリーダーなんじゃないの？」

「支配人はただの役職。矢面に立つ適任者。もちろん勇敢なファーストペンギンだけど、ぼくらを率いてるわけじゃないよ」

ライカは首を傾げた。リーダーのいない組織のイメージがわかかない。

「わかんない？　ぼくもマカロニもアデリーも、みんな自分の意思で日本にいるってことだよ。南極、アメリカ、アフリカ、オーストラリア、ニュージーランド、そしてガラパゴスと同じく、ぼくらはこの国をコロニーに選んだんだ。嫌ってなんかぜんないし、むしろ嫌われないように組織を作ったくらい」

「嫌われないように組織を作った？」

腕の中に聞き返すと、コガタがぴょんと飛び降りる。

「それよりさ、今度アデリーにこれやってみてよ」

月に吠える狼のように、コガタは背中から倒れんばかりに胸をそらせた。

そうしてときおり翼を震わせながら、「アアア」と切なげに鳴く。

「それもペンギン・コミュニケーション？　どういう意味？」

「んー、『がんばれー』くらいの意味かな。日本風に言うと『お疲れさま』って感じだから、軽率にどんどん使っていって」

コガタはにひっと一度笑い、「アー！」と挨拶をして去っていった。

ライカも「アー！」と片手を上げる。なんだか妙にしっくりきた。やっぱり日常的に「あー」とか「あっ」とか使っているからだろうか。

「ペンギンって知るほど面白い……あ、そういえば」

ミズハもペンギンのことは相当詳しかった。普段の口数は多くないのに、ペンギンについて語るときはやたらと饒舌になる。

「単にペンギンが好きなのか、それとも『それが仕事だから』なのか……」

あのミステリアスな先輩について、わかっていることはもうない。今日まで違和感を信じて一緒に働いてきたけれど、そろそろすべてを知るべき頃だと思う。

「だってわたしは、コペンでずっと働きたいから」

そんな決意を固めたからか、真実を知る機会は向こうからやってきた。集団で。

「い、いらっしゃいませ。ホテルコペンへようこそ……」

エントランスで団体客を出迎えたものの、ライカの笑顔はぎこちない。

「おう、ネエちゃん。支配人とやらを呼んでくれや」

紫のスーツを着た男を先頭に、パンチパーマやら角刈りやらの男たちが、肩で風を切りながらぞろぞろ入ってくる。

「おっ、お客さま！　困ります！」

ライカが止める間もなく、紫スーツはロビーのソファでふんぞり返った。金髪男がタバコをくわえさせ、首元まで彫り物のある男がさっと火をつける。

「誠に申し訳ございません。当ホテルのロビーは禁煙となっております」

紫スーツからタバコを取り上げ、手にしたコップにじゅっと浸す――。

なんてまねは、ライカには絶対にできない。やったのは頼もしき先輩だ。

「てめこらケンカ売ってんのかこのアマぁ！」

金髪男がミズハにつかみかかろうとすると、その手を誰かがひねり上げた。

「いまのは最大限のもてなしなんだが？　ミズハがケンカを売る気なら、そいつの頭に水をぶっかけているが？」

ただでさえ悪い目つきで、アデリーが一団をにらみつけている。

「お待ちしておりました、『ペリカンローン』さま。九階へどうぞ」

ミズハがなにごともなかったように頭を下げ、エレベーターへ案内した。

「こいつはいい。さすがは悪名高き【ペンギン同盟】だ。てめぇら行くぞ」

くつくつ笑う紫スーツとそのご一行を、ライカはびくびくと見送る。

するとアデリーが肩をたたき、「行くぞ」と歩きだした。

「行くぞって、まさかわたしも？」

「当然だろ。新人だって組織の一員だ」

「きょ、拒否権は？」

「安心しろ。俺がおまえを守ってやる」

女子が言われたいナンバーワンセリフのあとに、アデリーはこう続けた。

「それが俺の仕事だからな」

九階のオクトパス・スイート、通称「O部屋(オーべや)」はざわついていた。

「噂には聞いていたが、あんたマジモンのペンギンなのか」

紫スーツの男は、向かいのソファに座った支配人をまじまじ見ている。男は「ペリカンローン」という会社の社長で、名前は鹿島田というらしい。

「おそらくそうだというだけで、実は自分でもよくわかっていません。宇宙人の可能性もありますが、いまのところはペンギンだと思って生きています」

サービス精神の表れなのか、支配人はくちばしで羽づくろいを始めた。

「そうか。なりはでかくても、ペンギンってのはかわいいもんだな」

「早速ですが、仕事の話に入りましょう。今回はどういったご用件で」

支配人の冷ややかな対応に、鹿島田がふんとふんぞり返る。金髪男が口にタバコをくわえさせ、彫り物男が火をつけた。O部屋は数少ない喫煙可の部屋だ。

「この親子を捜してくれ。昨日の夜、娘がヤサは川沙希(かわさき)だとウタいやがった」

「娘さんが川沙希在住を白状したと。ちなみに我々のことはどういった経緯で」

支配人が写真を一瞥して尋ねる。

「俺ぁちんけな金貸しだが、火銃組がケツモチしてくれてる。川沙希にツテはないかとオジキに相談したら、すぐにあんたらに頼めとよ」

「なるほど。火銃組は汁気……血の気が多いことで有名です。火銃の親分さんの口利きでしたら、我々としても断れませんね」

鹿島田が威を刈るキツネの顔になったが、ライカはそれどころではなかった。支配人のくちばしから出る言葉の物々しさに、足がかたかた震えている。

「それでは鹿島田社長。詳しい話をお聞かせ願えますか」

「おう。俺ぁ金貸しのくせに、ギャンブルってやつがどうにも好きでな」

債務者には博打好きが多い。元金を減らすチャンスだと誘えば、みんなほいほい乗ってくる。鹿島田がディーラーを使ってイカサマをしているとも知らず、ドツボにハマって借金を増やす。警察に逃げこまれたら終わりの闇金業者は、そうやって債務者に「弱み」を持たせるのが常套らしい。

「だがひとり、どうにも応じない平間という男がいた。パチンコが原因で自己破産したくせに、一発逆転のポーカーに乗ってこない。そこで俺はこう言った。『おまえの娘、来年受験だろう。大学の授業料ってのはバカ高ぇぞ』、ってな」

すると鹿島田の思惑通り、平間氏は沼に沈んだという。

ついさっきまでは恐怖だったが、いまのライカは怒りに震えていた。鹿島田は人の道をはずれている。こんな金貸し悪魔は許しておけない。

「そうやって飼い殺していたら、平間の娘が事務所に乗りこんできた。血は争えねぇもんだな。誘ったら娘もポーカーテーブルに座った。俺はわざと負け続けたが、ゾクゾクしたね。希望に満ちた娘の顔が、絶望に変わる瞬間を想像してよ」

鹿島田がギャンブルを好きなのは、スリルを求めているわけではないらしい。とにかく弱者をくじきたくて、金融業を営んでいる節がある。

「だがいよいよ罠にハメようってところで、あいつはケツを割りやがったんだ。しかも親子そろって飛びやがった。クソッ、まるでノルウェーの森だぜ」

察するに、娘はその場を逃亡して父親と身を隠したのだろう。

なんとも痛快な話だが、最後の『ノルウェーの森』はどういう意味だろうか。ほかのと同じヤクザ用語かなと、アデリーに小声で尋ねてみる。

「知るか。ヒゲさんにでも聞いてみろ」

組織にはアデリーたちのほかにも、バーテンダーの「ヒゲさん」や、いまは入院しているコンシェルジュの「ランさん」といった関係者がいる。

ヒゲさんとは一緒に仕事をしたことがあるけれど、あのときは変装した姿だったので厳密には面識がない。ミズハによれば武闘派のペンギンだったらしいので、アデリーが聞けと言ったのも「その筋」の人だからだろうか。

「あとはわかるだろ。この商売は、客になめられたら終わりだ。平間の野郎にケジメをつけさせて、娘のガラはこっちに渡してくれ」

鹿島田の依頼を聞いて、ライカはうっかり笑いそうになった。

支配人がこんな仕事を受けるわけがない。【ペンギン同盟】は人助けをする正義の味方だ。成敗すべきはむしろ貸し魔だ。

「内容は把握しました。しかし我々の料金は安くありませんよ」

支配人の返答に驚くも、ライカはすぐに理解した。おそらくは法外な料金をふっかけて、相手に断らせる腹づもりだろう。

「高額だとはオジキから聞いてる。ちなみに……いくらなんだ？」

「ざっと、これくらいですね」

支配人が右のフリッパーを掲げた。

「いやわかんねぇよ！」

意外にも切れ味鋭い社長のつっこみに、部下のひとりがぶほっと吹いた。

「お、おわかりになりませんか……？」

「ちっ……おいまさか、十本ってことか？」

鹿島田の顔色が変わる。支配人はくちばしをミズハに向けた。なんとなく「あってます？」と確認を取っているように見える。

「払えないなら、お引き取りを」

淡々と告げるミズハの顔を、鹿島田がにらみつけた。

「払えないわけじゃねぇ！……だが高すぎる」

「うちは完全後払い。仕事が気に入らなかったらお金はいらない」

苦しそうだった鹿島田の顔が、にたぁと醜悪な笑みに変わった。

「いいだろう。後払いなら商談成立だ」

鹿島田が右手を伸ばす。たぶん因縁をつけて踏み倒す気だろう。

「では仕事にかかります」

支配人は鹿島田の手を無視して立ち上がった。

「我々が呼ぶまで、みなさんはこの部屋で待機していてください」

「いや待機ってあんた、そんなすぐに見つかるわけじゃないだろ」

「すぐに見つけるので、我々は高額の報酬をいただいています。行きましょう」

支配人とミズハに続き、ライカも部屋を飛びだした。最後のアデリーがドアを閉めたのを確認すると、大きなフリッパーにすがりつく。

「支配人！ あんな依頼を受けるなんてうそですよね？ 『ケジメをつけさせる』って、たぶん殺せってことですよ！」

いつも支配人は、依頼者の手をこのフリッパーで握る。子ペンみたいにふわふわではないけれど、羽毛で空気を遮断する存外にあたたかいこの「手」で。そうやってしっかりつながることで、支配人は相手に誠意を伝えている。

けれど今回の支配人は握手をしなかった。だから大丈夫だとは思うけれど、やっぱり言葉で確かめずにはいられない。

「……くぇ」

支配人は答えず鳴いてごまかした。

「新人、よせ」

止めようとしてきたアデリーの手を振り払う。

「お金が必要なんですか？ わたしがキッチンを改装しようなんて言ったから！」

「……くぇ。それは――」

やっとくちばしが開きかけたが、支配人を制してミズハが言う。

「ライカ、殺しは初めて?」

その言葉が、すべての答えだった。


小鳥に配られたテストは、意外にも最高だった。

ひな祭りよりも前、二月の中頃に受けた入試の日は、小鳥にとって思い出深い。

英語も国語もすらすら解けたし、小論文にいたっては、テーマが「これからの居住形式」だった。いつかするであろう夜逃げに備え、シェアハウスやアドレスホッパーについて学んでいた小鳥は、面白いように解答用紙を埋められた。

けれど試験のできよりも、印象に残っているのは親友とすごした時間だ。


「勝ったね。これ特待枠もイケるって、あたしは確信しちゃったね」

ホテルの部屋に入るなり、小鳥は高らかに宣言した。

「やったあ、コトちゃん。これで春から東京だー!」

出迎えてくれた梨花と、「イェーイ」と両手をあわせる。

梨花は小鳥となにもかも違う子だ。生活は裕福だし、両親に愛されているし、誰かのために喜んで自分を犠牲にできる。

今回だってそうだ。入試が同日だったのは今日だけで、音大を受験する梨花は明日もテストがある。なのに梨花は「コトちゃんの祝勝会をしよう」と、自分のホテルに招いてくれたのだ。もはや親友を通り越して神様に思えてくる。

「コトちゃんなに拝んでるのー？」

「梨花が明日の実技で、オーディエンスに受けますようにって」

小鳥は鈍行でのんびり帰るつもりだったので、期せずして大きな部屋に宿泊できてうれしい。というか借金取りがうるさい家には、なるべく帰りたくなかった。

にしてもすごい部屋だと、目だけで室内を見回す。試験を受けるためだけのホテルでベッドがふたつとか意味がわからない。やっぱり金持ち親とその娘は違う。

「ありがとー。でも試験官は三人くらいだと思うよ。今日コトちゃんが遊びにきてくれたから、きっとリラックスして演奏できるね」

本当に梨花はいい子すぎる。この子を落としたらその三人を一生呪ってやると、小鳥はベッドにあぐらをかいてチョコ菓子を敵(かたき)のように食べた。

「そういえば、明日はバレンタインだねー。コトちゃんが渡す王子さまは？」

「お？　試験前に全力で殴りあいしとく？」

「冗談だよう。梨花もコトちゃん以外にあげる予定ないし」

「あたしも。明日梨花のテストが終わったら、チョコ交換して一緒に帰ろ」

問題はそれまでのひまつぶし手段だ。各駅で帰るつもりだった小鳥は、持ちあわせがほとんどない。梨花と一緒に帰るなら、その少ないお金も新幹線代で消える。

となると公園でひなたぼっこしかないかと、小鳥は心で苦く笑った。

「ありがとー。じゃあこれあげるね」

梨花がスクバをごそごそやっている。まさかお金くれるの？　いやさすがにそれは受け取れないよと焦っていると、渡されたのは数枚の紙だった。

「……コーヒーチケット？」

「なんかホテルの人の手違いで、普通の部屋がスイートになっちゃったんだって。そのお詫びでもらったの。一階のラウンジでコーヒー飲めるみたい」

そういうことかと、小鳥はちょっと恥ずかしくなった。いくら梨花の家が裕福だって、さすがに受験のためにスイートルームを取るわけがない。

「すごっ。これ十枚くらいあるよ。部屋が大きくなった上に、お詫びまでもらえるとか気前よすぎ。というか梨花、これもらっちゃっていいの？」

「もちろん。だってコトちゃん、梨花のために東京からわざわざ川沙希に寄ってくれたんだよ。明日の帰りも鈍行で、ゆっくりおしゃべりしながら帰ろうね」

泣ける。だが泣くまいとしたら「かっは」と変な声が出た。

「ウケる！　猫が毛玉吐くときの声！」

梨花がけたけた笑い転げる。小鳥は「にゃにお！」と枕を投げる。

大学に合格できても、本当は春から上京できるかわからない。

でもいまは——いまだけは、父と借金のことを忘れたい。

明日が入試であるにもかかわらず、梨花も小鳥も夜通し笑いあっていた。


思えばこれが青春のピークだったと、小鳥は枕投げ動画を見てなつかしむ。

こんな風に頭からつま先まで全部が笑っていたのは、たぶんあの日が最後だ。

スマホの表示によれば、今日は三月十三日。

あの青春の日からはちょうど一ヶ月、鹿島田の事務所からスタントじみた脱出をして、父と夜逃げした晩からは十日と少しがすぎた。

都内は家賃が高かったので、いまは梨花のホテルがあったのと同じ川沙希にアパートを借りている。駅からは遠い1Kで、古いというより不安な築年数だ。

もちろん小鳥が笑えていない理由は、部屋が安普請というだけではない。

「春から小鳥も大学生か。お父さんもがんばんないとな」

畳の上であぐらをかいて、父が自分に言い聞かせるようにうなずいた。

夜に電気をつけられるようになったので、まともに顔を見るのは久しぶりだ。けれど昔とまったく変わっていない。いつもうっすら笑っているというか、この期に及んで危機感がないというか。とにかく見ていていらいらする顔だ。

「言うだけじゃなくて、具体的にがんばってよ。あたしはこっちにきて、すぐにバイト見つけたでしょ」

ネットで募集をいくつか見たが、小鳥は実際に店員の対応がよかったところで面接してもらった。時給を気にしすぎると、人間関係がしんどいと知っている。

「そうは言うけどなあ、お父さんの年齢だとなかなかなあ」

「贅沢言ってる場合？　ちっとも死ぬ気になってないじゃん。お金だってもうほとんどないのに……お父さん、まさかパチンコなんてやってないよね？」

「やってないやってない。お父さんそれだけは、もう絶対にやらない」

本当でもうそでも、父はいつも言い訳がましい。

それがまた、しゃくにさわる。

「……もういいよ。こんなことだったら、地元にいたほうがましだったね。お父さんもちゃんと働いて、死なない程度に生きていけたし」

「ま、待ってってば小鳥。こっちに出てきてまだ十日ぽっちだよ」

小鳥はおもむろにスマホの電話帳を開いた。「は」の行をスワイプする。

「『まだ』じゃなくて、『もう』でしょ。あたし、ずっとお父さんの面倒を見る気はないから——もしもし、鹿島田さんいる？　平間の娘だって伝えて」

小鳥がペリカンローンに電話をかけると、さすがの父も蒼白になった。

『俺だ。いまどこにいる？』

「それは秘密。そんなことより鹿島田さん、あたしと取り引きしない？」

『ふざけるな！　……いや、言ってみな。内容次第じゃ聞いてやる』

鹿島田は食いついた。向こうには情報がない。こちらが有利な立場だ。

「お父さんを引き渡すから、あたしのことは見逃して——ちょっと、やめてよ！」

父がスマホを奪おうとしたので、身を引いてかわす。

「小鳥……最初からそれが目的だったのか？　こっちへ逃げてきたのは、お父さんを捨てて大学へ行くためだったのか……？」

父は目に涙を浮かべていた。しらじらしいにもほどがある。

「そうだよ。あたしがひとりで川沙希に住むって言っても、お父さん保証人になってくれないでしょ。小鳥はカゴの中に閉じこめておきたいから」

自分の名前の意味に気づいたのは、ごく最近のことだ。父にとって娘は手間のかからないペットでしかない。自我の成長なんて歯牙にもかけていない。

「そんなことするわけないだろう！　お父さんは小鳥のことを愛してるんだぞ。応援するに決まってる！」

「そうだね。お父さんバカだけど、あたしには優しい。ギャンブルは打つけど、お母さんと違ってあたしを捨てなかった。でもね、中途半端な愛があるから毒親っていうんだよ。自分の愛情がゆがんでるって、気づいてないから！」

父がやめていたギャンブルを再開した理由は、小鳥の大学費用を稼ぎたかったからではない。現に娘がもう卒業だということも忘れていたくらいだ。

父は単に求めていたにすぎない。博打をするための、やむを得ない理由を。

「お父さんは病気なんだよ。本当に娘を愛してるなら、自分といると不幸になるからって引き離すはずでしょ。でもお父さんはそうしない。娘を愛しているから、幸せにしたいから、そのための金がないからって、満面の笑顔でギャンブルに走る。お父さんの病気を、あたしのせいにしないでよ！」

感情をすべて吐きだしたところで、手に持ったスマホから声が聞こえた。

『ネエちゃん、俺にはおまえら親子がどこにいるのか皆目見当もつかないが、とりあえずそこでじっとしてろよ──』

今度こそ、父がスマホを奪い取った。鹿島田の通話を切ってすぐ、ご丁寧に着信拒否の設定までしている。

そんなことをしたって、もう意味がないのに。

「小鳥……お父さんが悪かった。今日からちゃんと、人生をやり直すよ」

今度の薬は少し効いた、なんて思わない。

人生をやり直すという言葉には、一発逆転のニュアンスが含まれている。父は必ずまたギャンブルをするだろう。病気の根本は治療されていない。

「わかった。もう一回だけ信じてあげるよ」

小鳥がそう言ったのは、決して優しさからではない。

父を信じるのは、これが最後と決めていた。

翌日の夜、誰かがボロアパートのドアをノックした。

のぞき穴から見てみると、ダークスーツを着こんだ男女が立っている。

「私たちは『ペリカンロード』の使い。平間さん、娘と一緒にきて」
表情のない女が、普通に鍵を使ってドアノブを回した。

ライカは悪夢を見ている気分だった。
「悪いけど、これも仕事だから」
あのときと同じ廃ビルの屋上で、ミズハが人を追い詰めている。
以前との違いは、昼ではなく夜だということ。
ライカ以外にも、アデリーという仲間がいること。
そして鹿島田率いるペリカンロードの社員という、多数の目撃者がいることだ。
けれど一番異なっているのは、ミズハが銃を突きつけている相手だろう。
屋上の端で肩を寄せあっているのは、スキンヘッドの暴力団ではない。
五十代の父と十代の娘という、ただの一般人の親子だ。
「あなたが平間さんで間違いない？」
ミズハが胸に銃を向けたが、父親は口をつぐんでいた。

「そいつだそいつ。ちゃちゃっとやってくれ」

向こうへ行けとでも言うように、鹿島田がぱたぱたと手を振る。

ミズハの相変わらずな無表情は、いまは本当に殺し屋であるように見えた。あの銃が水鉄砲だったのは、ライカに見せたときだけのように思えてしまう。

「恨むなら、自分の選択を恨んで」

引き金に指をかけ、ミズハが銃を構える。

正義の味方が救うべきは平間親子だ。ミズハは冷淡だけど心は優しい人だ。

そう思っていたのは、どうやらライカだけであるらしい。

隣のアデリーはポケットに手をつっこんだままだし、矢面に立つべき支配人はこの場にすらいない。

残念ながらいま目にしているのが、【ペンギン同盟】の真の姿なのだろう。

ライカが加担していたのは、強きを助けて弱きをくじく悪の秘密結社だ。

違う！　違う違う！

ライカは犬のようにぶるぶる頭を振った。

組織が人を救うところはなんども見た。依頼すらされていないのに、【ペンギン同盟】は純粋な善意で人を助けた。あのホスピタリティはうそじゃない。

救われた人たちのためにも、絶対にうそにしてはいけない。

この素敵な同僚たちを、殺し屋になんてさせてはだめだ。

「待ってください！　なにも殺さなくてもいいじゃないですか！」

ライカが決死の覚悟で声を上げると、「黙ってろ」とアデリーに一喝された。

その様子を見て、鹿島田がくっくと笑う。

「ネエちゃん新人なんだってな。最初は誰だってそうだ。先輩の仕事を見て勉強させてもらえよ。もっとも、これで殺し屋稼業を辞めちまうかもな」

鹿島田は知っているはずがないのに、ライカが『新人』だと断言した。

きっと０部屋の前でしていた会話を、ドアに耳を押し当て聞いていたのだろう。やはり悪魔は相場通りに狡猾だ。

「じゃ、先輩のネエちゃん。続けてくれや」

「待って！」

今度は平間親子の娘が叫んだ。

「鹿島田さん。あたしがなんでも言うこと聞くから、お父さんを殺さないで」

「小鳥なにを……なにを言ってるんだ！」

父親が娘の肩をつかむ。

「あのね、お父さんはクズだよ。すぐギャンブルに逃げるし、あたしが強引に連れてくるまで、鹿島田が怖くて逃げることもできなかったし」

うつむいてしゃべる娘の目から、屋上の床にぽたりと涙が落ちた。

「でもお父さんは、ずっとあたしのそばにいてくれた！　お母さんみたいにあたしを置いていかなかった！　毒親だって、お父さんはたったひとりの家族なんだよ！　あたしをひとりぼっちにしないでよ……」

気の強そうな性格に思えるけれど、娘はまだ十八歳だ。きっと苦しいながらも、父親と支えあって生きてきたのだろう。

「小鳥……！」

親子の抱擁に、ライカは涙せずにいられなかった。

しかしそこへ、ぞっとするような笑い声が響いてくる。

「くぁー、最高だな！　おら、てめぇらよく見とけ。いまどきこんな親子、どこでもお目にかかれねぇぞ！　昭和だ昭和！」

鹿島田があおると、社員たちが手をたたいて笑い始めた。

「ああ面白(おもしれ)え。ところでネエちゃん、いまなんでもするって言ったな？」

「あんたの情婦(イロ)にだってなるよ。その代わり、お父さんにはもう近づかないで」

「情婦ときたか！　そいつはいい！」

言葉はわからないけれど、品のない笑いで意味の想像はついた。

「よし、それで手を打ってやる。ネエちゃん、こっちへきな」

娘がうなずき、鹿島田へ近づこうとする。その手を父がつかんだ。

「お父さん……あたし行かなきゃ……」

「小鳥、いままでありがとう。お父さんの娘に産まれてくれてありがとう。さんざん苦労をかけたけど、今日まで見捨てないでくれてありがとう」

父親は泣いていた。けれど憑きものが落ちたように晴れやかな顔だ。

「毎朝だよ。お父さん毎朝おびえてた。目が覚めて小鳥がいなかったらどうしようってさ。そうなる自覚があったんだ。なのに自分を変えられなかったんだよ」

鹿島田が「本物のクズだな」とつばを吐く。

「ああそうだ。お父さんは本当にクズだった。自分のことしか考えていない毒親だった。正しい娘の愛しかたを、いまになってようやくわかったよ」

娘は凍りついていた。なにか言おうとしているが声が出ていない。

「小鳥。お父さんもうこんなことくらいしかできないけど、今度はちゃんとおまえを見守るからな。たくさん生きろ」

穏やかな顔で言い終えると、父親の姿が視界から消えた。

ごんと、鈍い音が響く。トマトを壁にぶつけたようなぐちゃりではなく、鉄球が地面に埋まるような重い耳ざわりだった。

「お父さん！　うそでしょ……お父さん……ああああああっ！」

娘が地上を見下ろし、その場に膝から崩れ落ちる。

ライカはなにも考えられなかった。

脳が思考を拒否していた。

目の前で起こっていることを、意識の外でただ知覚していた。

「手間が省けてよかった」

どこまでも淡々とミズハが言うが、ライカの耳には入ってこない。

「……教えて。あたしも殺すの？」

泣き崩れていた娘が、ふらふらと立ち上がった。

「殺さない。依頼人に引き渡す契約」

ミズハの答えに、娘が「ありがとう！」と全身で笑った。まるでこの場にそぐわない、生まれて初めて空を飛んだ鳥のような喜びかただ。

そう思った瞬間、ライカの記憶が激しく揺さぶられる。

「わたし、あの子に会ったことがある……」

つぶやいたとたん、体が持ち上がるような感覚に襲われた。

まるで自分が鳥になったように、遥か上空からの視座が頭に広がる。

「じゃあ契約は不成立だね。バイバイ、殺し屋さん」

娘が月に向かって飛んだ。

あの鈍い音が聞こえた。

誰もが声を失って、しばらく身じろぎもしなかった。

やがて鹿島田が「おい」と発し、社員たちが屋上の縁に近づく。

「マジかよ……初めて死体見たわ……」

金髪男は蒼白だった。

「最悪っす。血の海っす」

彫り物男が鹿島田を顧みて、首を横に振る。

その横でアデリーも地上を確認し、振り向いてミズハにうなずいた。

「任務失敗。契約はなかったことに」

ミズハが鹿島田に会釈して、なにごともなかったように歩きだす。

そうしてライカの前で立ち止まると、覚悟を問うように聞いてきた。

「ライカ、あなたがやるべき仕事は？」

「死体の処理です」

端的に答えると、ミズハが口元にかすかな笑みを浮かべる。

「これでライカも、晴れて組織の一員」

はいとうなずき、先輩に続いてビルの階段を降り始めた。

地上に出て夜空を見上げ、星々が描く連なりに思いを馳せる。

かつてライカは、平間親子の娘と遭遇していたこと。

いまこの場に、矢面に立つ適任者がいないこと。

ペンギンたちはみな筋肉質で、例外は支配人のみだということ。

コペンの面接を受けた日から、コンシェルジュが入院していること。

O部屋での商談中、支配人が鹿島田の手を握らなかったこと。廊下に出てからの会話で、支配人は無言だったこと。

そしてなにより、ミズハは自殺者の背中を押すのではなく、その人の環境を変えるのが人助けだと断言したこと。

個々には気づいていたそれぞれが、鳥の目で見れば大きな一枚の絵になる。

ライカはようやくそのことに気づき、晴れやかな気分で死体処理を始めた。

小鳥の事前練習は、まったく役に立たなかった。

高さにして三十メートル近いビルからのダイブは、事務所二階からの転落とはまったく違う。落ちるのではなく猛スピードで地面に引き寄せられる。すくんだ手足にはなにも触れない。そんな重力と浮遊の絶望が、体感一分小鳥を襲った。

やがて鼻先がなにかに触れる。しかし二階から落ちたときのような衝撃はない。

顔にはふさふさした感触があり、体があたたかいなにかに埋もれていく。

うっとりと身を委ねるのもつかの間、今度は反発で月に背中を引っ張られた。

しかし吹き飛びそうな小鳥の体を、誰かが「よいしょ」とつかまえてくれる。

「よかった、成功です。お父さまも無事ですよ」

目を開けると、小鳥は巨大なペンギンの腹の上にいた。

黒いひれのような翼が、しっかと自分の背中を抱き留めてくれている。

「支配人さん。これめっちゃ怖いけど、めっちゃ楽しいですよ！」

見えない命綱はつけているものの、ジェットコースター以上の速度と恐怖。

おまけにペンギンの腹は想像以上に気持ちがよく、興奮せずにはいられない。

「すみません、小鳥さん。あまり時間がないので」

支配人が小鳥をアスファルトに横たえた。

そこへ別の人がやってきて、頭に傷を貼りつけ血糊(ちのり)をぶっかけてくる。

「よし。これで小鳥ちゃんは完璧な死体だ。しばらくじっとしててくれよ」

ウィンクして去っていった男性は、『組織』でマカロニと呼ばれている。ハリウッド映画の役者みたいな顔なのに、日本語を話すのは変な感じだ。

「おじさんのほうもオッケー。死にたくなかったらちゃんと死んでてね」

父の特殊メイクを担当したのはコガタくんだ。顔だけ見ると子どもっぽいけど、スーツ姿はちょっと男らしい。

「小鳥、お父さん死んでるよな？　まさか小鳥も、死んじゃったのか……？」

血の海の中で、父は血の気を引かせていた。

「生きてるよ。でもあたしたちは、人生をやり直すために一度死んだの。詳しくはあとで。本当に死にたくなかったら、目を閉じてしゃべらないで」

余計に混乱するかと思ったけれど、父はあっさり目を閉じた。こういうときにはその臆病な性格が助かる。

「そろそろくるようです。おふたりとも死んでください」

支配人がビルを見上げて言った。屋上のアデリーさんが合図したのだろう。

友人を待っていたバレンタインデーのあの日、小鳥は目つきの悪い王子さまに声をかけられた。そのときからこの「ファーストペンギン作戦」は始まっている。

すべて終わったらアデリーさんにお礼を言おうと、小鳥も静かに目を閉じた。

「うわ、すっげ。すっげ血の量。臭いもハンパねぇ」

近くで誰かがしゃべっている。たぶん鹿島田の手下だろう。

「人間が落ちるときって、あんな音がするんだな……」

あれはマカロニさんたちが流した効果音で、血の臭いも香料で作った偽物だ。けれど死体なんて見たことのない三下風情に、真贋の区別はつかないだろう。

「あまり近づくと血液が付着します。仕事が増えるのでご遠慮ください」

目を開けて見られないのが残念だけれど、これを言っているのが巨大ペンギンだと思うとなかなかにシュールだ。

「失敗したケースは、自殺に見せかけず死体を消す。ライカ、死体袋を」

これはミズハさんの声。この後に小鳥たちは車で運ばれ、安全な場所で解放される手はずだ。自分たちの死を見届けた鹿島田は、地団駄を踏んで悔しがるだろう。

今度こそ本当に、小鳥は自由な空へと羽ばたける。

「ちょっと待て。一応死体を確かめさせてもらうぜ。おい」

鹿島田の声が誰かを呼んだ。

「こいつは看護学校を中退してるんだ。脈くらい取れるよな？」

うそでしょと、小鳥の心臓が早鐘を打ち始める。

「いや社長、俺は血が無理だから看護師あきらめたくらいで——」

「やれやダボが！」

ひっと喉が鳴ったかと思うと、ゆっくり足音が近づいてくる。

「鹿島田社長。我々が確認ずみです。お手をわずらわせるまでもありません」

「支配人さんよ。俺たちは人を疑うのが仕事なんだ。債務者は返すと言って逃げるかもしれない。ペンギンは殺し屋のふりをした逃がし屋かもしれない、ってな」

小鳥の手首に誰かが触れた。ぐっと圧迫されて、自分の脈動がわかる。

辺りがしんと静まりかえった。しかし目を開けるわけにもいかないので、小鳥は不安に耐えながらひたすら祈る。

「がはっ……」

父のうめき声——そう思った瞬間、小鳥は誰かにまぶたをこじ開けられた。

ぼやけた視界の中央に、にやついた男の顔がある。

「あともうちょっとだったのになぁ？　悔しいなあ、ネエちゃん」

鹿島田の指が、すごい力でまぶたを押し上げてくる。

「……っ、痛い！　痛いってば！」

ちゃんと死ななければとこらえたが、悲鳴を上げずにいられなかった。

「ああ面白ぇ。これが他人事だったら、腹を抱えて笑ってるところだ。なあ！」

鹿島田が父の背中を踏みつける。激しい咳が聞こえてくる。

うかつだった。鹿島田は小者だが、小者ゆえに抜け目がない。

「俺は言ったよなあ。この商売、なめられたら終わりだってよ！」

鹿島田が蹴る。父がくの字に曲がって血を吐いた。

この先どうなるんだろうか。作戦が失敗した場合のことは聞かされていない。

なにかしなければ、父はこのまま殺されてしまう。田舎で搾取されながら生きることもできたのに、小鳥のせいで無為なまま人生を終わらせてしまう。

「ペンギンさんよ。あんたら客が極道だったら殺しも請け負うが、金貸しだったら逃がし屋になるのか？　ざっけんな！　俺をなめんじゃゃ――っ！」

再び父に振り下ろされた足を、アデリーさんが蹴って止めてくれた。

鹿島田がバランスを失って無様に尻もちをつく。

「社長！ このガキ、なにしやがる！」

ペリカンローンの社員たちが、アデリーさんを取り囲んだ。

「あんたらをコケにしたのは俺たちなんだが？ 弱い者いじめばかりしてないで、さっさとかかってきてほしいんだが？」

「てっ、てめぇ！ なめんじゃねぇぞ！」

首にタトゥーのある男がアデリーさんに飛びかかった。しかし支配人が間にささっと入る。バランスボールみたいなあの腹が、タトゥー男をぽよんと押し返した。

「鹿島田社長。この落とし前は、我々がきっちりつけます」

支配人が胸に翼を当て、うやうやしく頭を下げた。

「あ？ ペンギンの指なんていらねぇぞ。それともオジキに泣きつくか？」

「足の指がないと我々は立てません。火銃組の親分さんも関係ありません」

「だったらどうする？ 慰謝料か？ 十本程度じゃすまねぇぞコラ」

「桁が違います。なのでこちらからも条件があります」

「……どういうことだ」

怒り心頭だった鹿島田が、やにわに商売人の顔に戻る。

「社長のお好きなギャンブルをしましょう。ルールなどはそちらで決めていただいて構いません。我々が勝ったら、平間さん親子はあきらめていただきます」

なぜと小鳥は思う。鹿島田たちがイカサマしているのは、支配人も知っているはずだ。ルールや場所を相手に決めさせたら、万にひとつも勝てはしない。

そもそも【ペンギン同盟】は、なぜそこまでしてくれるのか。小鳥たちを助けたところで、一文の得にもならないのに。

「よし。俺が勝った場合の、正確な金額を教えてくれ」

悪人の見本のような舌なめずりをして、鹿島田が支配人に詰め寄る。

「それは査定次第なので、なんとも言えません」

「査定だと？　あんたなにで支払う気なんだ？」

支配人が翼を夜に差し向けた。そこに金色の明かりが灯った建物が見える。

「もし鹿島田さんが勝った場合、我々のホテルコペンを差し上げます」

ライカは助手席でぱっちり目を開けていた。

運転席のミズハには寝ておけと言われたが、こんなときに眠れるわけがない。

「関東を出た。そろそろ寒くなる」

ミズハは眠そうにハンドルを握っているけれど、いつもこんな表情とも言える。後部座席のアデリーも、腕組みして目を閉じているだけのようだ。

「北国ですもんね。それにしても、勝負が今夜になるとは思いませんでした」

いま小鳥ちゃんたちの故郷に向かい、四台の車が北上している。先頭と最後尾はペリカンローンの関係者で、残り二台が【ペンギン同盟】の車だ。

この車にはミズハとライカの人間ふたりに、ボディガードとしてアデリーが乗っている。前を行く赤いオープンカーの乗員は、寒さに動じないペンゲン組だ。

ギャンブルの日時やルールについては、鹿島田に決定権があった。とはいえあの場で事務所へ同行を命じられたのは、さすがに予想外だった。

「こちらに準備をさせたくないから。見え透いた算段」

平間親子が人質に取られている以上、組織としては従うしかない。心中を偽装する作戦が失敗した上、状況はますます不利になっている。

「算段と言えば、ミズハさんも人が悪いですよね。『殺しは初めて？』なんて、自分がもう何人も殺してるみたいな言い方して」

この「ファーストペンギン作戦」は、ライカがコペンで働く前からスタートしている。具体的には一ヶ月前から準備が始まっていたらしい。

そのことに気づいたのは、ライカが思いだしたからだ。

全身で喜びに打ち震えるような、小鳥ちゃんの特徴的な笑いかたを。

ライカは葬儀場のバイトをクビになる直前、小鳥ちゃんと会っている。書店で『どれが一巻ですか』と問われ、あたかも店員のように振る舞ったときだ。

小鳥ちゃんがあの時点で望口に滞在していたなら、すでに組織と面識があったと考えることができる。

もちろんそれは可能性という、ただの「点」でしかない。けれどライカが見てきたほかの「点」とつなげると、星座のように一枚の絵が浮かび上がった。

「私も不本意。でも殺し屋役が適任と言われた」

「同意しますけど、似あいすぎですよ。おかげで十日間ずっと疑ってました」

ミズハの表情は変わらない。でも心なしか笑っている気がした。

「敵をあざむくにはまず味方から。法律用語で『善意』は『知らない』」

「わかってますよ。組織に入ったばかりのわたしに全部説明するのは無理です。教わったってミスをするかもしれません。作戦の一部にするほうが簡単です」

だからミズハを含めてほかのみんなも、ライカにはなにも言わなかった。現にライカは0部屋前の廊下で、支配人にあれこれ質問して困らせている。しかしそれも聞き手が「善意のライカ」であるゆえに、鹿島田をあざむく布石となった。

組織は本当に念入りに準備している。心中偽装の手段もそうだ。

「わたしがビルの屋上で見たミズハさんの殺しって、今回の予行演習だったんですよね？　あのとき落ちた人が、コンシェルジュの『ランさん』なんですか？」

あの後にやってきた支配人は、『あっちはあっちで大変で』と狼狽(ろうばい)していた。ロビーではコンシェルジュが入院したとも言っている。

初めて会ったアデリーも、『ランさんがケガして大変なんだ』と焦った様子で語っていた。タイミング的に考えると、ほかに該当する人物はいないだろう。

「あれで失敗したから、今回は見えない命綱を使った」

「最初から使ってあげてくださいよ……」

筋肉質なペンギンたちの中で、唯一たぷんと脂肪を蓄えている支配人。それをトランポリンにするアイデアは、きっとコガタ辺りが考えたのだろう。

おかげでスキンヘッドのランさんは入院するはめになり、ミズハがコンシェルジュ代理も担うことになったようだ。

というかいまさらだけど、あの風体の男性をコンシェルジュに抜擢する人選はすごいと思う。ホテルはそういうところに厳しいイメージがあったけれど、アデリーもメッシュ髪だしフロント係も無愛想だ。けれどサービスは三つ星以上を自負している辺り、支配人は本当に真心でもてなそうとしているのがわかる。

その方針は【ペンギン同盟】も同じだったと、ライカは心の底から喜んだ。

「本当にうれしいです。わたしが一緒に働いてきた仲間は、ちゃんと正義の味方でした。みんなを見てきた自分の目を信じてよかったです」

「私もライカを誘ってよかった」

「わたし、役に立ってますか？」

「立ってる。たぶんこれからも。一応つけて」

ミズハに黒いインカムを渡された。偽装心中作戦が終わったので、本当の意味で仲間に迎えてもらえたらしい。うれしくてついはしゃいでしまう。

「さあ、次はどうするんですか？　コペンを賭けるなんて言うくらいですから、あの人たちをぎゃふんとこらしめる計画があるんですよね？」

ここまで周到に準備していたのだから、第二、第三の作戦があるに違いない。【ペンギン同盟】は、助けが必要な人はなんどだって助ける。

「ノープラン」

ひとまず「えっ」と返したものの、ミズハは「冗談」と言ってくれない。

試しに「またまたー」と肘でつつくと、もう一度「ノープラン」が返ってきた。

「えっ……じゃあどうするつもりですか」

「ギャンブルで勝つしかない。ライカ、ポーカーは得意？」

「やったことないですよ！」

「私も。でもたぶんうまいと思う」

ポーカーフェイスという意味ではそうだろう。だが問題はそこではない。

「違うだろ。ポーカーの勝ち負けなんてどうでもいい。俺たちの仕事は、この世界から弱い者いじめをなくすことだ」

後部座席のアデリーはそれだけ言うと、またしかめっ面で目を閉じた。

「弱い者いじめをなくすだけじゃなくて、人助けが目的の組織でしょ」

「解釈は人それぞれ。やりかたも人それぞれ」

「そりゃそうでしょうけど……」

しかしミズハの言葉を聞いて、ライカは思い当たることがあった。

今回の計画は、鹿島田が社員に脈を取らせるまでは完璧だったと言える。

あれがうまくいっていたら、平間親子は自由の身になるはずだった。

ただその作戦自体、必要なかったのではないだろうか。

そもそも小鳥ちゃんたちは、一度夜逃げに成功している。彼女が自分から鹿島田に連絡を取らなければ、組織も計画を遂行する必要はなかった。

もちろん住所がバレていないとはいえ、追われる身の状態で日々を安穏とはすごせないだろう。可能なら鹿島田たちと完全に縁を切りたいと、小鳥ちゃんたちが考えてもおかしくはない。

だからといって、偽装心中という方法はあまりにハイリスクだ。うまく言葉にできないけれど、【ペンギン同盟】らしくないように思う。

そう考えるとこの計画は、鹿島田から平間親子を逃がすことが目的ではなく、実行することと自体に意味があったとも解釈できる。

「……寒っ」

身をかき抱いて窓の外を見ると、景色が白っぽくなってきていた。

雪国はもう近いなと、ライカは少しだけ故郷をなつかしむ。

「おら帰ったぞ！　準備を始めろ！」

事務所に戻るなり、鹿島田は寝ぼけていたディーラーをたたき起こした。

時刻は午前三時。夜中に呼び出されたと思しきディーラーは、黒スーツの集団と巨大ペンギンにおののいている。たぶん相当に混乱しているだろう。

「テキサスホールデムは知ってるな？　俺の賭場では、どっちかのチップがなくなるまでのかっぱぎルールだ。さあ、誰が卓に座る？」

鹿島田がポーカーテーブルについてふんぞり返った。

その背後にはあたかも景品のように、平間親子が立たされている。

ふたりを助けるのに、もっとも適したプレイヤーは誰か。

考えるまでもなくマカロニだ。

ライカもミズハもポーカーのルールを知らない。

支配人やアデリーは知っているかもしれないけれど、ディーラーを抱えこんでいる相手に正攻法では勝ち目がない。

となればこちらもイカサマを駆使して戦うべきであり、それができるのは「ゴールド・フリッパー」の異名を持つ、手品が得意なシェフだけだ。

ライカと目があうと、マカロニはにやりと笑った。やはりこの人は頼もしい。

「我々の組織からは、アデリーくんが出ます」

支配人の人選は予想外だった。しかしライカ以外は誰も動じていない。

アデリーは【ペンギン同盟】のボディーガード役だ。ケンカが強いというよりケンカっ早く、手練手管に長けた鹿島田との相性は最悪と言える。

なぜ支配人はアデリーを指名したのだろうか。これだったらポーカーフェイスだけのミズハや、なにもできないライカのほうがまだましに思える。

「じゃ、やるか。その耳のやつははずせよ、目つきの悪いにいちゃん」

「当たり前だろ。頭つきの悪いおっさん」

インカムをはずしながら席につき、アデリーが早速やらかした。鹿島田は鼻で笑っていたけれど、気色ばんだ社員たちを見てライカは気が気でない。

そんな一触即発の空気の中、組織と組織の戦いが幕を開ける。

「おう、にいちゃん。幸先いいじゃねーか」

しばらくポーカー勝負を見ていて、ライカは気づいてしまった。

ルールが、さっぱり、わからない。

手札の二枚と場のカードでなにかするようだけれど、意味不明なので勝敗結果はプレイヤーの反応待ちだ。いまのは口ぶりからすると鹿島田の負けだろう。

ルールがわからない以上、ライカにできることは応援くらいしかない。

ならばと声を出したところ、社員たちにギンとにらまれた。

おまけに当のアデリーにまで、「うるさい新人」とたしなめられる。

「大丈夫だライカちゃん。荒事はあいつに任せておけばいい」

ライカの右でマカロニが言った。左のコガタも珍しく口数が少ない。なにもできない歯がゆさは、ふたりも同じなのだろう。

やむなく握った拳に気持ちをこめ、ライカは静かに成り行きを見守る。

「なるほど。ただのガキじゃないってわけか」

鹿島田が言った。どうやらアデリーの勝ちらしい。

「いまのうち調子に乗っておけ。ホテルはすぐに俺のものだ」

これも鹿島田が負けたのだろう。

「その勢いがいつまで続くかな。目つきの悪いにいちゃん」

鹿島田は負けがこんでいた。チップがどんどん減っている。

しかし本人が明かした手の内は、序盤はわざと勝たせるというものだった。そうして相手に希望を与え、やがて絶望の淵へ追いこむ。それが貸し魔のやりかただ。

つまりいまのアデリーは、勝たされているということになる。

その案配をコントロールしている人物は、たぶんディーラーだ。

ライカはカードを配る男に注目した。眠そうな顔でテーブルに立っている、線の細い中年。しかしその手つきはあざやかで、かつ恐ろしいほどに早業だ。なにかインチキをしているのだろうけれど、素人に見抜くことはできそうもない。

「そろそろ潮目も変わる頃か。だろ？」

鹿島田がディーラーに視線を向けた。すぐに配られた手札を見てにやりと笑う。

「おい、なんだよ！　金持ちケンカせずか？」

反対にアデリーは配られたカードを見たものの、さっきまでのようにチップを上乗せしなかった。どうも勝負をしないという選択肢があるらしい。

「さっきに続けて降りか？　おいおい、こっちはブタだぜ。勝ち損ねたな」

アデリーはまたも勝負をしなかった。

素人判断だけれど、これまでアデリーは手の善し悪しに関係なく勝負をしていた気がする。どこかで鹿島田が勝つ流れに変わったと気づいたのだろうか。

「けっ、口先だけのチキン野郎かよ。白けてくるぜ」

大きく勝って絶望を見たい鹿島田としては、つまらない展開なのだろう。

しかしアデリーのチップはじわじわ減っている。勝負をしなくとも最初の賭け金は必要らしいので、逃げ続ければやがては負けるはずだ。

ライカはずっと観察していたけれど、ディーラーの動作に変化はない。しかしアデリーが勝負しないということは、なにか仕掛けられているはずだ。

「おい、やる気あんのか？　まあどっちでもいいけどよ」

アデリーがまたも勝負を降りた。どうあがいても勝てない手なのだろうか。ディーラーがそれをコントロールしているなら、アデリーはこの先も逃げることしか選択できない。少なくとも降りれば大きく負けはしない。

けれど真綿で首を絞められるように、手持ちのチップは削り取られている。

このままでは負けは必至だ。なんとかしてよとアデリーを見る。

「ふわぁ……」

こちらの心配をよそに、アデリーは大あくびしていた。人の命がかかっているのにまるでやる気が感じられない。どう考えても人選ミスだ。

このままでいいんですかと、今度は支配人に視線で問う。

すると巨大なコウテイペンギンは、きょとんと体を傾けた。こんなときになごむ仕草をしないでほしい。ただでさえ眠いのに、体の力が抜けてしまう。

「いいのか、また逃げで。そろそろ勝ち分がなくなるぜ、ひひひ」

勝負は長引いている。しかし鹿島田の勝利は着実に近づいていた。

午前五時も回った中で、ペリカン陣営は社長の目だけが爛々と輝いている。

「おい、なにやってる。次だ」

鹿島田が勝負を急かした。

「す、すみません」

ディーラーが慌ててカードを配る。なぜか一枚が床に落ちた。

ライカは目をこすってまぶたをこじ開ける。いまのはようやく見えたイカサマの糸口――いや違う。ディーラーは落ちたカードを気にもしていない。

あれは順番的に鹿島田に配られるはずだったカードだ。もしかすると千載一遇のチャンスかもしれない。だがどうすれば、この綻びを活かせるのかがわからない。

マカロニに聞こうかと右を見ると、いつの間にか姿が消えていた。

さっきまでいたはずなのにと左を見ると、なぜかコガタもいなくなっている。

『ふわぁ……ライカ、きょろきょろしてどうしたの？』

インカムから眠たげなコガタの声がした。小声で聞き返す。

「(コガタくん、いまどこにいるの)」

『ぼくはコペンだよ。隠しカメラで録画しながらそっちの状況を見てるとこ。ちなみにカメラは写真立ての横ね』

周りを見ると、キャビネットに鹿島田の家族写真があった。こんな貸し魔にも妻と子どもがいると知ると複雑な気持ちになる。

「(でもコガタくんなんで？ さっきまで隣にいたはずなのに)」

『あの人はぼくの影武者。で、なにかあったの？』

よくわからないけれど、とにかく落ちたカードのことをコガタに説明する。

『それ、ちょっと面白いかも。アデリーに伝えてみたら？』

「(でもしゃべれないのにどうやって)」

『身振り手振りとか？ あくびをするふりで、それとなくできない？』

そういえば、ペンギンたちには独自のボディランゲージがある。

「(わかった。やってみる)」

コガタに伝え、ライカはアデリーから見える位置まで移動した。

「にいちゃんよ。また逃げるのか？ 少しは根性見せてみろや」

鹿島田があおる。早くしないとアデリーが勝負を降りてしまうと、ライカは体を動かした。胸を大きくそらせて天井を見つめ、両腕をぱたぱた震わせる。

なぜかコガタが『それだめ！』と叫んだが、ライカはすでに鳴いていた。

「アアア。アアアアアアアアア」

これでアデリーには、「がんばれ」のメッセージが伝わるはずだ。

それを「ここは降りずに勝負しろ」の意味だと読み取ってほしい。

「なっ……！」

こちらに気づいたアデリーが、点のような黒目を見開いている。ライカの応援に鼓舞されたのか、頬にも赤みが差していた。

『最悪だ……まさかこのタイミングでやるなんて。これ絶対まずいよ……』

耳元でコガタがぶつぶつ言っている。不思議とおびえているようだ。

「うるせえぞ、新人のガキ！　おとなしく見てられねえなら――」

「オールインだ」

鹿島田が言い終わらないうちに、アデリーがすべてのチップを押しやった。

前半の勝ちは削られたが、ギリギリ鹿島田と同じくらいの額がある。

「くっくっく……待ってたぜこのときを！　勝負だ！」

鹿島田もチップをすべて場に出した。

「ほれ。俺の手はブタだ。にいちゃんもどうせブタだろ。つまりハイカードのK（キング）を持ってる俺の勝ちってこった！」

鹿島田がカードを見せて勝利宣言すると、ディーラーがびくりと体を震わせた。

その顔はみるみる青ざめ、額から汗の滴が流れている。

「ああ。俺も役なしだ」

アデリーが手札をテーブルに放り投げた。

「ハイカードは……A(エース)だと⁉ おい、どういうことだ!」

鹿島田がテーブルを蹴ると、ディーラーがひぃと叫んで部屋を飛びだす。

『ディーラーは、鹿島田の手にペアを送りこんだつもりだったんだろうね。でも眠気のピークで注意力が散漫だった。カードを落としたことに気づかなかった。鹿島田はそれを知らないから、役なしでもハイカードで勝てる手だと思いこんだ』

コガタが解説をしてくれる。どうやら後半戦の鹿島田は、常に勝てる手が入るようになっていたらしい。アデリーは勝負を受けた時点で負けるということだ。

『すごいよライカ! ディーラーがしくじったのは偶然だけど、ライカのメッセージで負ける予定の勝負に勝っちゃった!』

「コガタくん待って。負ける予定ってどういうこと?」

室内がざわつきだしたので、遠慮なく大声で聞き返す。

しかしコガタが返事をするより先に、アデリーが敵を挑発した。

「座れよおっさん。第二ラウンドだ」

鹿島田に蹴られて動いたテーブルを、アデリーが元の位置に蹴り戻す。

『やばい。アデリーが調子に乗ってる。完全に舞い上がってる』

やっぱりコガタが言っている意味がわからない。

「第二ラウンドだと……？　どういうつもりだ」

鹿島田の顔に困惑が浮かぶ。勝負はアデリーの勝ちだ。【ペンギン同盟】はペリカンローンに勝利して、チップをすべて手に入れた。あとは平間親子を連れ帰るだけでいい。これ以上、こんなところに長居は無用のはずだ。

「ライカ、こっちへ。急いで」

いきなりミズハに腕を引かれ、支配人の後ろに移動させられる。

「どういうつもりか？　そんなの決まってる。もう二度と弱い者いじめできないように、薄汚い金を全部残らず吐き出させるつもりだが？」

アデリーが言うと同時に、支配人が背中で謝った。

「すみませんライカさん、せっかく穏便に勝たせていただいたのに。ですがライカさんたちのことは、命に代えてもお守りしますので」

支配人がふんと両翼を広げて仁王立ちする。

「小僧……コケにするのも大概にしろ。もう許さねぇ！　全員ぶっ殺せ！」

鹿島田が叫ぶと、ペリカンローンの社員たちが一斉にアデリーへ襲いかかった。

しかし普段からいきがるだけあって、アデリーはめっぽう強かった。

いとも簡単にぽこぽこと、社員たちをやっつけてのける。

ときどきこっちに殴りかかってくる社員もいたけれど、支配人のトランポリンでぽよんとアデリーの元へ押し返されていた。

「支配人！ ありがたいですけど、わたしよりも平間さん親子を！」

「大丈夫です。いまは自分の身を守ることに集中してください」

頼もしい燕尾服の背中がそう言ったので、ライカは信じることにした。

それにしてもアデリーの大立ち回りはいつまで続くのかと思っていると、その終わりは意外な形で訪れる。

「若えの。その辺にしとけや」

大きくはないけれど、凄みのある声が事務所内に響いた。

「おっ、オジキ！」

ぐったりしていたペリカンローンの社員たちが、現れた人物に頭を下げる。

「どうも、親分。ご無沙汰しています」

「支配人、迷惑かけたな」

着物姿の老人が片手を上げる。この人が噂に名高い火銃組の親分さんらしい。

正義の味方にも裏のつながりはあるのだなと、ライカはちょっとがっかりする。

「鹿島田。今回はどっちもそれなりに傷を負ったろう。ここはワシの顔に免じて、手打ちにしてくれや」

「そっ、そりゃあオジキが言うなら……」

鹿島田はずっと下を向いている。ペリカンローンにとって火銃組は、バックというより頭の上がらない存在であるようだ。

「それでは親分。我々は失礼させていただきます」

支配人が頭を下げたので、ライカもならって一礼する。

これで終わりなんだろうかと車に戻ると、雪の中にマカロニが待っていた。

くわえ海苔タバコのシェフは、「よっ」とのんきに片手を上げている。

「マカロニさん、いままでどこにいたんですか。心配したんですよ」

「悪いなライカちゃん。一応これでも仕事をしてたんだぜ」

ほれと、マカロニがコピー用紙の束を渡してくれた。

「人の名前とか数字がいっぱい……なんですかこれ」

『借用書とか顧客リストだねー』

インカム越しにコガタが説明してくれる。

『法定金利を無視してる闇金は、それを警察に押さえられたらジ・エンド。アデリーがだらだら勝負を長引かせている間に、隙を見てマカロニが金庫室からそれを盗むのが今回のメインミッション』

マカロニのゴールド・フリッパーは、そちらで活かされていたらしい。

『保険として普段の営業も録画ずみだよ。法的な証拠にはならなくても、タレコミの材料にはなるからね。ちなみにカメラを仕掛けてくれたのは小鳥ちゃん』

「じゃあさっきコガタくんが言ってた、『負ける予定の勝負』って……」

「悪を裁くのは警察の仕事で、我々の仕事はお客さまをもてなすことですから」

支配人の言葉を聞いて、ライカは頭を抱えた。

「それじゃあわたしは、また空騒ぎしただけだったんですね……」

『違うってばライカ。ポーカーで勝って終わりは最高の形だったんだよ。今回余計なことをしたのはアデリー』

「ま、それも計算ずみさ。俺のもうひとつの役目は、アデリーが暴れ始めたら平間さん親子をエスコートすることだからな」

マカロニが車のドアを開けると、後部座席に平間親子が乗っていた。

「よかった……ちゃんと作戦は二重、三重に用意してあったんですね……つまりミズハさんは、またわたしをだましたんですね……」

「言ったはず、善意のライカ。『敵をあざむくにはまず味方から』」

ミズハの口先がもふんと動いた。笑っているらしい。

「でも二度もだますなんて……って、なんで親分さんが乗ってるんですか！」

赤いオープンカーの助手席は、いつもならばコガタの指定席だ。そこにさっきまですごみを効かせていた、着物の老人がちょこんと座っている。

「……ヒゲです」

ぼそりと言った老人を見て、ライカはすべてを悟った。

この変装の達人は、今回の遠征にコガタの姿で同行していたのだ。そして小鳥ちゃんが鹿島田に連絡した日には、親分さんになって『川沙希のペンギン同盟に頼め』と貸し魔をそそのかしたに違いない。組織には裏のつながりなんてないのだ。

「なんですかこれ……本当に……本当に完璧じゃないですか……」

ライカは脱力して雪の上に座る。いままで心配していたあれこれは、すべて杞憂だった。それがどれほどうれしいかは、言葉でなんて表せない。

「完璧じゃない。まだやるべきことが残ってる」

遅まきながら戻ってきたアデリーは、疲れたのかペンギン姿に戻っていた。あちこちの羽毛がほつれていて、戦いの激しさを物語っている。

「アデリー、大丈夫？」

近づいて声をかけると、なぜかアデリーは顔をそらした。

「……俺は大丈夫だ。おまえも自分の仕事をがんばれ」

ぶっきらぼうにそれだけ言うと、アデリーは車までトボガンで滑っていく。

「なに？　ライカちゃんが『恍惚（こうこつ）のディスプレイ』をした？　俺がいない間にそんな面白いことが……これは冷やかすしかないな」

インカムでコガタと話しているのか、マカロニがなにやらにやけている。

「では、我々もコペンへ戻りましょう。平間さんにはお部屋をご用意しますので、細かい話は明日の朝食で」

支配人もトボガン滑りで車へ戻ろうとしたが、なぜか大きく道をそれて雪上をぐるぐる回っている。見ればマカロニやヒゲさんも、あちこち腹ばいで滑っていた。

「雪でテンション上がっちゃったんですかね……みんな楽しそう」

「だってペンギンだから」

答えたミズハも機嫌よさげだ。もちろんライカだって楽しいけれど。

「わたしはペンギンじゃないので、寒くて死にそうです」

「だったら実力行使」

ミズハがしゃがんで雪玉を作り始めた。

「なるほど。じゃあ小鳥ちゃんにも協力してもらいましょう」

やがて始まったヒト対ペンギンの雪合戦は、からくも人類の勝利に終わる。

勝因は、お留守番でむくれたコガタが人間に味方してくれたこと。

そして、一羽だけが的として大きすぎたことだ。


小鳥はバレンタインデーに、目つきの悪い王子さまと出会った。

場所はホテルコペンのラウンジ。梨花の実技試験が終わるまで、コーヒーチケットを消費しつつスマホを眺めていたときのこと。

「空腹時のコーヒーは胃が荒れる」

ふいに現れたウェイターが、テーブルの上にどんと皿を置いた。

「あの、頼んでませんけど」

白い皿には、ひと目で焼きたてとわかるロールパンが載っている。少し溶けたバターがディップ皿に添えられていて、香ばしい匂いが小鳥の食欲を刺激した。

「ああ。俺も頼まれてない」

なに言ってんだこいつと、相手を見上げてちょっとひるむ。

牙でも生えていそうな鋭い目つきと、黒髪に混じる銀色の毛束。どこのバンドマンかという風体だけれど、服装はちゃんとホテルのウェイターだ。

「じゃあ、なにかのサービス的な感じですか」

「マカロニのパンはうまい」

まるで話が通じてない。マカロニのパンってなんだ。よくわからないけれど、とりあえずは食べろと迫られている気がする。

「まあもらえるなら、いただきます」

食べれば消えてくれるかと期待して、小鳥はパンをちぎって口へ運んだ。

小麦の香りが鼻に近づく。唇に触れた温度があたたかい。

もうその瞬間に「これ好き！」となってしまったけれど、口の中で皮が割れたらもっと最高だった。

「……おいっし、なにこれ」

思わず手の中のパンをまじまじと見つめる。

茶色い部分がやわらかすぎないのは、かなりポイントが高い。噛んだときに歯でも風味が感じられるし、白い部分のふわふわとコントラストがはっきり出る。

その白い部分はほのかに甘くて、うっすら塩気があって、細分化していったら百種類くらいに枝分かれしそうな複雑な味わいがあった。

「これって、生地にマカロニが練りこんであるんですか」

我ながらアホなことを聞いたと思う。それって単なる小麦粉増量だ。

「アデリーペンギンの母は卵をふたつ産む」

「いや意味が全然わからないんですけど」

「……最初に抱卵するのは父の役目だが、一度にあたためられる卵はひとつだ。父は立ったままふたつの卵を足で回転させ、交互にあたためようとする。だがときに失敗し、遠くへ蹴飛ばしてしまう」

脈絡のなさにはじめ戸惑ったが、意外に興味深くて最後は笑ってしまった。

「笑えるのはここまでだ。父親は蹴り飛ばした卵を取りにいかない。いま抱いている卵と、巣を守る役目があるからな」

「じゃあ蹴飛ばされた卵って、どうなるんですか」

「どうもならない。アザラシやアホウドリに食われる。運がよければ、パートナーが見つからなかった雄が気まぐれに抱卵してくれる」

「つまり生まれる前に、親から見捨てられちゃうんですね」

自然界は厳しい。けれど人間の生活だって似たようなものだ。ギャンブルに溺れる父を見限るだけならまだしも、母は娘も置いて男と逃げた。

「ペンギンはそんなこと気にしない。生まれたことに意味があるからな」

「それ、ちょっとかっこいいですね。『ペンギンの教え』的な感じで」

「人間もだ。『親はなくても子は育つ』。いないほうがましな親だっている」

ざわりと、心に波が立った。

世間から見れば、ギャンブルで身を滅ぼした父はクズ親だろう。

けれど小鳥に言わせれば、娘を見捨てなかっただけ母よりもましだ。

そう思って今日まで暮らしてきたが、「まし」とはいったいなんなのだろうか。

「だからうまいと言ったんだが？　欲しければまだおかわりがあるが？」

空になった小鳥の皿を見て、ウェイターが鼻で笑う。なぜここでイキってくるのかわからないけれど、もう少しこの人の話を聞きたいと思った。

「じゃあ、お願いしてもいいですか」

そう返したところ、小鳥はレストランの脇にある一室に案内された。

そこで支配人を名乗るペンギンと握手し、人生を変える決意をする。


今日は一日遅れのホワイトデーだ。

王子さまに声をかけられたバレンタインからの一ヶ月は、人生で一番濃い日々だったと小鳥は回想する。

自称【ペンギン同盟】の人々と綿密に打ち合わせした結果、小鳥は二月の終わりに鹿島田の事務所に乗りこんだ。

組織の人たちには止められたけれど、自ら志願して隠しカメラを仕掛けた。金庫のありそうな場所にも見当をつけ、二階から転がり落ちて脱出もした。

その後は父と夜逃げして、川沙希に部屋を借りた。バイトを見つけ、父と争った末に鹿島田に連絡し、うっかりを装って自分たちの家を暴露した。

そうして一昨夜、「ファーストペンギン作戦」の決行に至る。

でも組織の人たちと練った作戦はそこまでだった。だから脈を取られたときはどうなることかと思ったけれど、失敗した後のことも【ペンギン同盟】は考えていてくれたらしい。

おかげで小鳥はまた、こうしておいしいパンを食べることができる。

「フレンチトーストだ。熱いぞ」

アデリー王子が不遜な表情で料理を運んでくる。

昨日の格闘はかっこよかったけれど、この人は基本的に「人間が下手」なのだとライカさんから聞いた。王子の正体はアデリーペンギンらしい。

『でも驚いたなあ。小鳥ちゃんがあのときの女の子なんて』

鹿島田の事務所からホテルコペンに戻るまで、ライカさんとは車中でたくさん話をした。『驚いた』はこっちのセリフで、小鳥はあの接客が気に入ったので書店のバイトに応募している。

なのに当の本人は同じ日に別のバイトをクビになり、挙げ句の果てに【ペンギン同盟】に入ることになったらしい。『信じらんない』、『わたしも』と、久しぶりに同世代女子との話に花が咲いた。

「野菜も食え。卵もだ」

王子は次々料理を運んでくる。小鳥の前にはベーコンとスクランブルエッグに生野菜のサラダがあった。料理としてはありふれているはずなのに、ものすごくおいしそうに見えるのはなぜだろう。

「いただきます」

蜂蜜がたっぷりかかったフレンチトーストにナイフを入れる。口に運ぶと、体に甘さがじんわりしみた。思わず目を閉じて味わってしまう。

次いで目についたベーコンは、やわらかさを残しながらも一部がカリカリな好みの焼き加減だった。人間は塩と脂があればおいしいと感じるらしいけれど、このベーコンに太刀打ちできるものはそうそうないだろう。

その後も半熟とろとろのスクランブルエッグを食べ、シャキシャキの生野菜とドレッシングに感動し、さあ満腹中枢から警告がくるぞというところで、アデリー王子が薫る熱を運んできた。

「ミネストローネとコーンポタージュだ。両方食え」

胃袋のアラートを無視して、湯気が立つ鍋からスープを取る。

感想をひとことで言えば、ミネストローネは「病気治りそう」、コンポタは「もう缶ポタ飲めない」だ。外食でスープを頼むのは損なような気がしていたけれど、それはいままでこんなにおいしい飲み物だと知らなかったからだ。

「こんなにうまい朝飯を食ったのは、生まれて初めてです……」

父がスープを飲んで涙をこぼした。事実だけれど恥ずかしいからやめてほしい。

「みなさんにはなにからなにまで……このご恩は一生忘れません。これからは、親子ふたりで真面目に生きていきます」

父が頭を下げると、組織の人たちがばつの悪そうな顔になった。

もうこれ以上は迷惑かけられないと、小鳥は父にきっぱり告げる。

「お父さんと暮らすのは、今日で最後だから」

父が「へ？」と間の抜けた顔でこちらを向いた。

「春からあたしは、東京でお母さんと一緒に住むから」

「お母さんって……おまえ、いつから……」

「一ヶ月前に、コガタくんが探してくれたんだよ。お母さんあのときの男とはとっくに別れて、いまはお弁当屋さんで働いてる。というか普通は気づくでしょ。入学手続きの書類とか、お父さんに頼んでないんだから」

父はなかば放心していた。娘はなんでも自分でできると思っていたらしい。

「お母さんはあたしを見て、土下座して謝ったよ。あわせる顔がないから戻れなかったって。まあわからないでもないから、許して一緒に住むことにしたわけ」

父も母も親の失格ぶりは同じ。娘よりも自分のほうが大事。

でも愛が注がれなかった卵から孵っても、アデリーペンギンは生きていける。

自分と家族もそういう距離感でいい。だから母にも愛情なんて求めない。

小鳥は失った青春を取り戻すための安定を。母は十数年分の贖罪を。

互いに求めるものが一致したので、春から生活をともにするだけだ。

「じゃあ……じゃあなんで、わざわざ偽装心中なんてしたんだ？　お父さんのことなんて放っておいて、ひとりで上京すればよかったのに」

ここからは説明が難しい。というか説明したくない。

どうしたものかと迷っていると、向かいでライカさんが声を上げた。

「小鳥ちゃんはお父さんとは暮らさなくなりますけど、別に縁を切るわけじゃありません。お父さんに生活を立て直してほしかったんですよ」

小鳥は感心した。見た目は自分より幼いのに、ライカさんはなかなか鋭い。

「そのために、小鳥ちゃんにはやるべきことがみっつありました。まずはペリカンローンから遠ざかること。これに関しては夜逃げの時点で達成できています」

そう。でもそれだけでは病気が治らない。

「次にお父さんを生まれ変わらせること。お父さんは『死ぬ気でやり直す』という言葉をよく使っていたと思います。ですがそれが実現された試しはありません。お父さんが本当に死ぬ気になるまで、小鳥ちゃんは追いこむ必要があったんです」

そして父は小鳥をかばい、自らビルを飛び降りた。計画ではミズハさんが突き落とすことになっていたので、ここは予定外に小鳥を泣かせた点だ。

「最後は小鳥ちゃん自身が、お父さんから巣立つことです。お父さんは小鳥ちゃんを育てるためという名目でギャンブルをします。なのに小鳥ちゃんは、お父さんから離れることができませんでした。理由はわかりますよね？」

母と違って、父は小鳥を見捨てなかった。小鳥はそれを愛情と感じていた。

でも実際は違う。自分のもとにいれば不幸になるとわかっていたのに、父は小鳥と暮らし続けた。それは親として正しい愛情ではない。自己愛だ。

「たとえゆがんだ愛情でも、お母さんに見捨てられた小鳥ちゃんには大事なものでした。でも小鳥ちゃんは気づきます。お父さんが正しく生きていくためには、自分が親離れする必要があると」

ダメ男だとわかっているのに、別れられずに貢ぐ女。

自分と父の関係がそれと同じと気づいたとき、小鳥は軽く死にたくなった。

「【ペンギン同盟】は人助けをする組織です。助けを求める人に対し、危険な仕事を頼んだりしません。けれど小鳥ちゃんは自ら進んで鹿島田の事務所にカメラを仕掛けたり、事務所の二階から転がり落ちました。すごく破滅的ですよね」

そのときは組織にいなかったのに、なぜライカさんにはわかるんだろうか。

「たぶん小鳥ちゃんは自分が親離れできないことに気づいて、同じく死んだ気になろうとしていたんだと思います。お父さんのために」

小鳥にも父を見捨てる優しさはなかった。母よりましという一点だけの依存関係でも、ギャンブルと同じく簡単には断ち切れない。だから小鳥は組織の面々に無理を言い、『海へ飛びこむ最初の一羽（ファーストペンギン）』のように勇気が必要な作戦を考えてもらった。

「小鳥。おまえそこまでして、お父さんのことを……」

父が顔をくしゃくしゃにして抱きしめてきた。

「やめて！　普通に気持ち悪い！」

これは娘が父を見捨てる話で、お涙頂戴でもなんでもない。ビルの屋上では演技したけれど、いまこういうのは求めてない。

「でも小鳥ちゃん。住むのは東京でも、バイトは望口の書店でしょ？　仕事のついでに、ちょこちょこお父さんの様子を見にくるつもりだったんじゃない？」

「ライカさんやめて！」

自分がダメ男に貢ぐタイプの女だなんて、絶対に認めたくない。

「よかったですね、小鳥さん。梨花さんにもよろしくお伝えください」

みんなが和気藹々（わきあいあい）と笑う中で、支配人が穏やかに言った。

「へ……？　支配人さん、梨花のこと覚えてるんですか……？」

「はい。『友人が悩んでいるけれど、プライドが高い子だから自分には絶対相談してくれない』。そううかがいました」

薄々そんな気はしていた。だって自分を不幸から救い出してくれたのに、アデリー王子にはまるでときめかない。

たぶんこの人たちはスーパーヒーローで、小鳥の等身大のヒーローはまだ地元にいる。きっとホワイトデーのお返しを待ってる。

「梨花も春からこっちなんで、今度はふたりで遊びにきますね！」

心の底から笑って礼を伝え、父を引きずりホテルを出る。

「またのお越しを、心よりお待ち申し上げております」

エントランスを振り返ると、スーパーヒーローたちが深々お辞儀していた。


ライカは「ゲンキクール」をぐびりと飲んだ。

「これ初めて飲みましたけど、めちゃめちゃおいしいですね」

大浴場に清掃が入るまで、男性風呂ではペンギンたちがちゃぷちゃぷと水浴びを楽しむ。売店で飲み物を買い、浴槽の縁に腰かけ、ミズハと一緒に足湯に浸かりながら眺めるこの光景が、ライカはなにより大好きだった。

「黄色いパックのすっきり系乳酸菌飲料。毎日石垣島支店から運ばれてくる」

「石垣島って沖縄のですか？　ほえー……って、コペンに支店があるんですか？」

「名前が違うだけで、斑鳩グループのホテルは多い」

三つ星のマークがついたビールを飲みながら、ミズハは淡々と答える。

「もしかして、そのおかげで組織の運営が成り立ってるとか……？」

「会長はフィクサーだった。死後も政財界に影響力がある」

小さなホテルなのに話のスケールがやたらと大きい。ライカはどう反応すべきかわからないので、見たままの感想を述べた。

「ミズハさんって、すごく大人ですよね」

二十七歳だから当然だ。でもいつも冷静で仕事ができるし、涼やかな顔立ちでスーツも似あう。そんなクール成分過多の先輩は、いつ見たって憧れてしまう。

「そりゃあミズハは、お母さんだからねー」

コガタペンギンが、しゃーっとトボガンで滑ってきた。ミズハがバスタオルでキャッチして、わしわしと羽毛の水を拭き取る。

「ミズハさんがお母さんというより、コガタくんが子どもなんじゃない？」

「そうかもね。でも大人っぽいコガタペンギンなんていやでしょ？」

コガタは斜に構えたところもあるけれど、根っこの性格は無邪気な子どもだ。頼めば抱っこもさせてくれるので、なんだかんだでライカもかわいがっている。

「大人っぽいと言えば、あそこに初めて見るペンギンがいるんですけど」

ヒゲペンギンとサウナから出てきたその一羽は、目の周りやくちばしのつけ根がピンク色にはげていた。そのせいか、ちょっとばかりおじさんっぽく見える。

「マゼランペンギンの特徴は、胸から腹にかけて伸びる帯模様。次いで顔周辺の肌の露出。つがいになると、ずっと仲がいいことで有名」

「マゼラン……あ！　もしかして『ランさん』ですか？」

かつて屋上からミズハに突き落とされた、スキンヘッドなこわもての男性。組織の一員であるということは、ペンギンであっても不思議ではない。

「ランさんは見た目に反して、腰が低いコンシェルジュ。副支配人でもある。人が嫌がることも進んでやるから、お客さまからは信頼されている。こっちへ」

ミズハが手招きすると、噂のマゼランペンギンがぱたぱた走ってきた。

「はいどーも！　ライカさん、ご挨拶がまだでしたね。初めまして、マゼランと申します。馬が浅瀬で蘭に酔うなんてね。洒落た字を書いて馬瀬蘭と読ませようって魂胆ですよ。それでまあ手前ペンギンながらにね、コンシェルジュなんてやらせていただいているんですけども。いやあこのたびは、あーしの入院中にずいぶんとご迷惑をおかけしました。あっ、でも聞いてますよライカさん。もう相当なご活躍をされているようじゃないですか。うれしいですねえ、期待の新人！」

両フリッパーをこすりあわせながら、ぺらぺらとしゃべるマゼランペンギン。こんな物腰低い丁稚口調が、あの悪人面から発せられているとは信じられない。

「そういや、ライカさん。先日はお見苦しいところをお目にかけて、ほんとすいませんでしたね。あれはミズハさんがね、『3数えたら押す』って言ったのに、『1』すら数えず押したんですよ。でもそういう冷え冷えした性格にほれたっていうかね、あーしら決して仲が悪いわけじゃないんですよ？　『ペンギンなのにおしどり夫婦』ってなもんで。あ、面白くない？　こりゃ失敬。こりゃ尻毛」

ランさんがぴょいんとおしりを突きだすと、ミズハがぶっと吹きだした。

「ええ……いまので……？」

そういえばミズハはダジャレ好きだっけ、などと思い返している場合じゃない。

「あの、いまランさん夫婦って言ってましたけど」

問うとマゼランペンギンを指さし、ミズハがさらりと言った。

「旦那」

「えっ……えええええっ⁉」

ライカは風呂場で絶叫する。ミズハが既婚者だなんて完全に想定外だ。

「アー！　ランさん退院おめでとう。お嬢ちゃん喜んだろう？」

マカロニペンギンが片手を上げてやってくる。

「お嬢ちゃんって、まさかミズハさん……」

「三歳」

いつもと同じ淡泊な答えに、ライカは開いた口がふさがらなかった。

「言っただろ。ミズハは冷血女だって」

いつの間にか、アデリーペンギンがお風呂の縁に立っている。

「娘の父親であり、上司でも夫でもある男をビルから突き落とす。地上で支配人が構えているとはいえ、ミズハ以外の人間にもペンギンにもできない所業だ」

そういえば、あのとき本人が『マゼミズハ』と名乗っていたっけ。

字面も浮かばないし、コペンにいるとどうも姓の存在を忘れてしまう。

「というか、人間とペンギンが結婚って……」

しかも子どもも産めるらしい。ミズハの娘が気になりすぎる。

「おまえ……もう具体的に考えてるのか？」

こちらを向いたアデリーが、ぎょっとしたように見えた。まあアデリーペンギンの表情はいつもこんな感じなので、たぶん気のせいだろう。

「具体的って、なんの話？」

「おっ、俺の口から言わせるのか？　いやまあ、普通はそうなんだが……」

なんだかアデリーがらしくない。いつもと違ってやけにもじもじしている。

「どしたの。熱でもあるの？」

黒いおでこに手を伸ばすと、アデリーが飛ぶように後ずさった。

「はっ、早すぎるだろう！　人間はもっと手順を踏むはずだぞ！　いくら俺のことが好きだからって、こんなペン前で……」

「『俺のことが好き』……？」

なにがどうしてそんな話にと眉をひそめると、「くっくっく」とマカロニが鳴いていた。やがてコガタも加わって、二羽が大爆笑を始める。

「これどういう状況？ わたし笑われてます？」

説明を求めると、「これこれ」とコガタがポーズを取った。ポーカーの最後でライカがアデリーに伝えた、「がんばれ」のボディランゲージだ。

『ライカちゃんはコガタにかつがれたんだ。これは『恍惚のディスプレイ』っていって、ペンギンの雄が雌に対してするアピールだ。人間の言葉に置き換えれば、『がんばれ』じゃなく、『結婚してくれ！』とプロポーズしているようなものさ」

マカロニの解説を聞いた瞬間、ライカの顔が燃えだした。

「ま、普通は女の子からするものじゃないけどねー」

「でもライカちゃんのアピールを受けて、アデリーは勝負に出た。時間稼ぎをしろと言われていたのに、かっこいいところを見せようと思っちゃったわけだ」

「それってつまり……よっ、このイキリーペンギン！」

コガタとマカロニが肩を組んで踊りだす。同時にアデリーの全身から殺気がみなぎった。ライカはおたおたと取りつくろう。

「ご、ごめんねアデリー。わたしそういう意味だって全然知らなくて……」

「は？ まったく気にする必要ないんだが？ 俺は最初から、『勝負しろ』の意味だと受け取っていたが？」

アデリーペンギンが尾羽だけで体を支えてふんぞり返る。

「ならよかった。でもいろいろありがとね、アデリー」

「新人に礼を言われる筋合いはないが？……いや本当にないが？」

「あるよ。だってアデリーがポーカーのプレイヤーとして選ばれたのって、たぶんわたしを守るためでしょ？」

乱闘になったら一番危険なのは、もっとも鹿島田のそばにいる人間だ。

不器用なアデリーが引き延ばし役を受けたのは、ライカの壁になるためだろう。ライカがいなければたぶん支配人がプレイヤーで、ミズハは運転手として車で待っていたと思う。作戦の危険性を考えれば、組織はそういう選択をしたはずだ。

この作戦はライカが組織に入ったことで、ちゃんと変化している。

「……どうせおまえは、くるなといってもついてくる。怖がりのくせにすべてを自分の目で確かめようとする。まったくもっていい迷惑だが、実際におまえにしか見えないものがたくさんあった」

「なんか、うれしいね。誰かに認めてもらえるって」

へへっと照れ笑いして見ると、アデリーのくちばしがストローをくわえていた。

「ちょっと！　わたしのゲンキクール勝手に飲まないでよ！」

「減るもんじゃないだろ」

「減るし！　デリカシー！」

後者は今後に期待するしかないが、少なくとも前者は許容できない。

「そんなことより、おまえはヒゲさんに聞きたいことがあったんじゃないか？」

見ればあごにラインの入ったペンギンが、静かに横を通りすぎようとしている。

「ひ、ヒゲさん、新人ベルガールのライカです。ご挨拶が遅くなってすみません。今回はおつとめご苦労さまでした」

親分のイメージが抜けないせいで、なんとなく挨拶が堅苦しい。

「存じております。がんばってください」

低いしゃがれ声で、ヒゲペンギンがぺこりと丁寧に頭を下げた。

「あの、ひとつ聞きたいことがあるんですけど。ペリカンローンの社長が『まるでノルウェーの森だ』って言ったんですけど、なんのことかわかりますか？」

ヒゲさんは考えるように少し上を向き、静かにくちばしを開いた。

「小説のタイトルが連想されますが、状況を考えるとビートルズの曲名でしょう。一生懸命世話をした鳥が、目覚めたらいなくなっていた。そんな内容です。その後は解釈が種々ありますが、『孤独な男は火をつけた』と終わります。では」

失礼しますと、ヒゲさんは再び丁寧に頭を下げて辞去した。

「なんか……意外な性格……」

「なにを驚いている？　バーテンダーは質問されたとき以外しゃべらない。だから無口に思われるが、ヒゲさんはなんでも知ってるわけだが？」

その口調はともかく、仲間を誇らしく思うのはよいことだ。

「じゃああの社長は、小鳥ちゃんが逃げて悔しいって言いたかったのかな」

「だろうな。だが鹿島田というよりは、平間のおっさんの心境だ」

自分が娘の幸せを邪魔していた。平間さんがそれにようやく気づいたときには、小鳥ちゃんはすでに飛び去っていた。確かにそのほうがしっくりくる。

「親離れのタイミングって、子どもが決めるんだよね。だから親にとっては、いつだって子離れが突然に感じるのかも。落ちこんでるかもしれないから、わたしも平間さんの様子を見にいこうかな」

そこでざばんと音がして、支配人が浴槽の中から顔を出した。

「支配人、相変わらず潜水時間が長いです……」

「すみません。ところで平間さんですが、いまごろはきっと火をつけて燃やしていると思います。ボイラー室で」

四月から担当者が異動になるため、技士見習いを募集中だったらしい。【ペンギン同盟】は、本当に『なんどだって助ける』組織だとしみじみ思う。

「そっか。三月だから、人が入れ替わるシーズンなんですね」

小鳥ちゃんもお父さんから卒業して、新しい場所へ羽ばたいていった。誰かが巣立つ大事なシーズンだと思うと、今後の接客にも気合いが入る。

「そうですね。コペンにも新しい人材がたくさん入ってきます。現時点では未定ですが、ライカさんにも異動をお願いするつもりです」

「え、配置転換ですか？」

新人だから関係ないと思っていたが、コペンではそうもいかないらしい。

でもベルガールでも、レストランスタッフでも、ライカは楽しく働いてきた。組織の愉快な仲間たちがいれば、ひとまずどこでもやっていけると思う。

「わかりました。客室係でもボイラー技士でも、どんとこいです！」

そう思っていたライカにとって、支配人の言葉はあまりに衝撃的だった。

「いえ、石垣島支店の勤務をお願いしようかと」

Outroduction

犬洗ライカは見られていた。

ここはレストラン【クレイシュ】の脇にある、【ペンギン同盟】の本部。

円卓の正面には、支配人とミズハとイルカさんが座っている。

背後にはペンギン姿のマカロニ、コガタ、アデリーが控えていた。

「それでは始めましょう。まずはライカさんの自己紹介をお願いします」

支配人はくちばしの上にメガネを載せ、履歴書とライカの顔を交互に見ながら聞いてくる。異動の話と聞いていたのに、この雰囲気は完全に面接だ。

「えっと……犬洗ライカ、二十歳です。わたしは長女で、下に弟が三人、妹が三人います。両親は実家の札幌にいて、いまは長男と次女、そしてわたしの三人で望口に住んでいます」

上三人はみんな働くことが好きで、親元に仕送りすることを生きがいにしている節がある。とはいえその下に四人もいるとなると、仕事をクビになっても親を頼りにくい状況だった。そういう意味でも、ライカはコペンに感謝している。

「長女には見えないな」

背後で誰かがぼそりと言った。その後も「見た目が子どもだしねー」だの、「でも面倒見はいいぞ」だの、ペンギンズがささやきあっている。

長女に見えないは百万回言われているのでノーダメージだけれど、コガタはあとでお仕置きさせねばなるまい。

「では転勤も問題なさそうですね。次の質問です」

支配人がくいっとメガネを上げた。

それは困るとライカは焦る。南国勤務は憧れるけれど、【ペンギン同盟】とは離れたくない。なんとかうまく回避しないと。

「これまで組織の活動に参加して、ライカさんはどのように感じられましたか」

「はい。【ペンギン同盟】の活動は素晴らしいと日々感じています」

「どんな点で」

ミズハがつっこんでくる。今日は従業員の制服ではなく黒スーツだ。

「以前イルカ……斑鳩オーナーが言っていました。この組織は、『助けが必要な人はなんどだって助ける』と。これまでの活動を通じて、わたしはそれが事実であることを自分の目で確かめました」

先日の小鳥ちゃんは言わずもがな。横領の罪を着せられた久地のときは、真犯人の心を支配人とライカで解きほぐした。つつみちゃんのときはライカばかりが目立ったけれど、裏で組織は頼まれてもいない誘拐疑惑を解消している。

「人助けというと、『悪をやっつける』イメージがあります。でも組織のそれはホテル業務の延長というか、傷ついている人を元気にするおもてなしだと感じました」

ぱちぱちとイルカさんが拍手してくれた。

「素晴らしいわ、ライカちゃん。ねえ支配人さん」

「そうですね。組織の精神が共有されていると感じます」

ほめられたようだけれど安心はできない。大事なのは転勤の回避だ。

「では重要なことですので、少し意地悪な質問をさせてください」

支配人がまたメガネをくいっと上げた。意地悪と聞いて身が強ばる。

「我々が無償で人助けしているのは、なんのためだと思いますか」

「それは……最初にミズハさんが教えてくれました。組織の目的は『悪意の根絶』だと。その計画は『少しずつ』進めると支配人がおっしゃっていたので、日本中をもてなして平和にしようみたいな感じかなあと」

「間違いじゃないけど、ふんわりしすぎー」

背後からコガタの野次が飛んでくる。

「悪いな、ライカちゃん。俺たちペンギンは人間が好きだが、お人好しってわけじゃないんだ。人助けにだって見返りを求める」

これはマカロニの意見。

「俺たちの目標は、世界征服だ」

最後のアデリーの発言は、「それは言いすぎ」とコガタにつっこまれた。

「簡単に言えば、我々は愛されたくて【ペンギン同盟】を組織しました」

支配人がここへきてメガネをはずした。

「愛されたいというと、わたしたち人間からですか？」

「そうですね。ライカさん、ダーウィニズムはご存じですか」

まるで存じあげない。「すみません」と首を振る。

「生物の進化に関する学説です。たとえばペンギンは鳥類ですが、空ではなく海を飛ぶという特異な選択をしました。居住域も南極や亜熱帯と幅広いです。そうしなければ生きていけなかったので、我々は独自の適応進化をしたわけです」

よくわからないけれど、ペンギンは立ち姿からしてほかの鳥とは全然違う。すごく進化する生き物くらいに考えておけばいいだろうか。

「そして現状、もっとも進化したと思われるペンギンが我々ペンゲンです」

「あの、質問してもいいですか」

ライカが小さく手を挙げると、支配人がどうぞとうなずいた。

「後ろのペンギンたちは、ペンギンと人の姿を両方知っています。でも支配人は、ずっとペンギンのままですよね？　みんな同じペンゲンなんですか？」

「いい質問。でも支配人は答えられない」

ミズハの答えに、なぜと問い返す。

「なんでかっていうと、支配人はそもそも自分の種がわからないんだよねー」

代わりにコガタが教えてくれるらしい。

「種って、コウテイペンギンじゃないの？」

「そう見えるけど、こんなに大きい個体はいないってば。過去にいたジャイアントペンギンよりもまだ大きいし、身長的に考えると、南極で発見されたアンスロポルニスって化石ペンギンの系統かも」

ふむふむとわかったようにうなずいて、ふと気づいた。

「あっ、だから支配人はいつでも『支配人』なんですか？」

アデリーやコガタたちは、その種の名前が呼び名になっている。

「はい。自分に名前をつけるとしたら、『コウテイ』ではなく『シハイニン』になると思います。種があるなら『シハイニンペンギン』でしょうか」

そういえば前に鹿島田と話したときも、支配人は自分のことがよくわからないと言っていた。あれはポーズではなく本当だったらしい。

「偉大なるファーストペンギンは、ペンゲンの中でも特殊なんだよねー。人の言葉が話せるのに、ぼくらと違って人になれない。おなかの肉もぷよんぷよん」

だから区別が必要なときは、ペンギンとペンゲンの間の存在という意味で、支配人のことは『ペングン』と呼ぶこともあるらしい。

「じゃあペンギンがペングンに進化して、それからペンゲンになったんですか」

なんとなく、かわいいモンスターを育てるゲームを連想する。

「おそらく違うと思いますが、その認識でもかまいません。話を進めますと、我々はペンギンの生息域で誕生しました。しかしみな自分たちのコロニーにはなじめていません。あまりにも原種とかけ離れていたからです」

「といっても、俺たちは『みにくいアヒルの子』だったわけじゃないぜ」

マカロニが「だよな？」とコガタに同意を求める。

「うん。見た目はちゃんとペンギンだから、周りは普通に受け入れてたねー」

「だが自分が特別な存在だと気づくと、違和感があるんだ。このままここにいちゃいけないんじゃないか。俺にはやるべきことがあるんじゃないか、ってな」

みんな同じですと、支配人が引き継ぐ。

「最初に海へ飛びこんだペンギンも、使命感の衝動があったと思います。自分たちのいるべき場所を求めた我々は、世界中を渡りました。しかしなかなか安住できる土地がありません。ペンギンは生息域が広い分、外敵も多いんです」

「その外敵には、もちろんおまえら人間も含むぞ。というか俺たちがペンゲンなんていう種に生まれたのは、人間がこの星を変えたからだ」

アデリーがくちばしをとがらせて言った。

「それって……地球の温暖化とか、海洋汚染ってこと？」

残念ながらと支配人がうなずく。

「南極は住みにくくなり、ペンギンも数が減りました。我々がペンゲンに進化したのは、空から海へ生息域を変えたのと同じ生存戦略と考えられます。ゆえにその使命は人間との共存、すなわち日本にペンギンのコロニーを築くことと結論しました」

「えっと……なんで日本だったんでしょう？」

前に言ったでしょと、コガタが両フリッパーを掲げた。

「みんな基本的には善人なのに、集団になると悪意に満ちる。見て見ぬふりをする性格で、なにより悪目立ちが大嫌い。でもそういう集団って、すごくコントロールしやすいんだよね。ぼくたちにはそれを可能にする特性も備わってるし。ライカ、ペンギンがなんでこんなツートンカラーなのか知ってる？」

「かわいいから……？　ごめんなさい」

ほかになにも出てこないので、素直に頭を垂れる。

「最新の学説では、『情報破壊効果』があるって言われてるよ。海中の魚群はぼくらを見ると逃げるけど、なぜかすぐに戻ってきちゃう。ぼくらの配色パターンが神経系に作用して、群れとの位置感覚を無効化させるんだ。おかげでいつも大漁」

「それって、違和感が仕事しなくなるってこと？」

「そ。ライカも最初は違和感があったのに、いつの間にかぼくたちのこと受け入れてたでしょ。日本人には特に利くんだよねー。ペンギンを無条件で『かわいい』って思っちゃう、ぼくらに好意的な国民だから」

ライカはぽかんとしてしまった。裏切られたという感じではないけれど、ペンギンたちは意外とちゃっかりしている。というかかなり戦略的だ。

「ですが我々も、かわいいだけで生きていけるとは思っていません」

支配人が続ける。心なし鼻息が荒い。

「いま日本社会は病んでいます。ネットは負の感情に満ちています。本来は善である人々の心が、こんなに荒んでいるのはなぜですかミズハさん！」

支配人が興奮した様子で立ち上がった。

「ひまでストレスが溜まっているから」

ミズハはいつも通り淡々と答える。

「そうです！　いまのままではしゃべるペンギンという奇異な存在は、偏見の目で迎えられるでしょう。ではどうすればいいですかマカロニさん！」

「そうだな。ペンギンのご先祖は、途方もない時間をかけて空から海へと環境を変えた。俺たちも同じさ。いまはゆっくり足場を築く時間で、焦っちゃいけない」

マカロニも大人の余裕で、海苔タバコをくゆらせる。

「では具体的にどうすべきですか、アデリーくん！」

「組織の目的は悪意の根絶だ。悪意とは範囲外への不寛容だ。まずはホテル業務で癒やしを学び、次に人助けをしてじわじわとペンギンの認知度を上げる。先は長いが俺たちは礎でいい。人間は昔を美化するからな」

アデリーも相変わらず、人間が好きなのか嫌いなのかわからない。

「その通りです。我々が【ペンギン同盟】を組織したのは、未来のペンギンが日本で羽を伸ばせるようにするためです。日本人の国民性をおおらかに変え、ペンゲンと人間を同列に扱ってもらう。すなわち子孫の基本的ペン権獲得が、我々の最終目標なのです！」

支配人がフリッパーを掲げると、全員が翼と拳で天をついた。

戦略的なコロニー選びと違って、侵略はずいぶんのんびりだなと思う。

しかし的外れというわけでもなさそうだ。

久地は前科に対する偏見を恐れていたし、会社の同僚たちはさしたる根拠もなく彼を悪人と決めつけた。つつみちゃんとヨコハマに行ったときは、ライカ自身がネットで無根拠にたたかれた。葬儀屋時代のライカも遺族から感謝されていたのに、無関係な第三者からのクレームでクビになった。

確かにいまの世界は悪意に満ちている。それが「ひま」と「ストレス」のせいだとしたら、いますぐどうこうできるものじゃない。

だから【ペンギン同盟】は草の根的に人々を癒やし、地道に信用を得ようとしているのだろう。黒いスーツを身にまとい、『少しずつ』ペンギンの印象をつけて。

空は飛べないけれど、ペンギンたちは見事に世界を鳥の目で見ているようだ。

「支配人って、未来の教科書に載ったりしそう……」

率直な感想を漏らすと、背後でマカロニが言う。

「ああ。ファーストペンギンは誰より先に海へ飛びこむだけじゃない。いつだって自分を差し置き全体を考える。ライカちゃん、支配人の一人称を知ってるかい？」

もちろん知っている。

「『我々』、ですよね」

ホテルコペンの支配人として。【ペンギン同盟】の矢面に立つ壁として。

支配人はいつも全体で考えて、個としての自分を主張しない。

父に言わせれば、こういう人こそ偉人の父、いや偉ペンの父だろう。

「ではここまでを踏まえて、最後の質問です」

支配人が言った。さっきまでの興奮状態は落ち着いている。

「ライカさんにとって、人生の目的とはなんですか」

きた。おそらくこの質問に対する答えいかんで、ライカの運命は決まる。

「その前に、ひとつ聞いてください。いままでだったら真っ先に質問されたんですけど、ここでは全然聞かれないので自分から言います。父がつけてくれた、わたしの名前の由来です」

「私は当てられる。ライカは写真好き」

ミズハが言ったが、それは一番多い誤答だ。

「確かにカメラと言えば『ライカM3』は真っ先に名前が出る名機ですけど、父が好きなのは写真ではないんです。わたしの由来は『宇宙犬ライカ』です」

あらと、イルカさんが声を上げる。

「もしかしてソビエトが打ち上げた宇宙船で、初めて宇宙に出た犬のこと？ 確か地球には戻ってこれなかったんじゃないかしら？」

「そうです。ライカ犬は、人類が宇宙へ行くための礎になりました」

ぽんと肩にフリッパーが置かれた。横を見るとアデリーがそっぽを向いている。

「俺はイカの種名だと思っていたが？ これはあわれな犬の名前をつけられたことをなぐさめているんじゃなく、手を置くのにちょうどよかっただけだが？」

「ありがとね、アデリー。でもまだ続きがあるから」

不器用な同僚はふんと鼻を鳴らした。

「ええと、どこまで話しましたっけ？ あ、そうそう。そんな犬の名前がついたわたしですけど、それが性格に出ちゃったというか。人の役に立ちたいっていう思いがずっとあるんですよね。でもこれっていう、職業への憧れはなくて」

偉人の礎になれと言われ続けたからか、ライカは医師になろうとか、科学者になろうとか、そういう夢は持ったことがない。

逆に名前のおかげで写真に興味は持ったけれど、カメラマンになりたいかと言われるとちょっと違う。

「でも働くことは嫌いじゃないし、人のお世話も性にあいます。だからこれまでいろんな仕事をしてきました。たくさんクビにもなりました。自分がやりたいことと、求められる仕事は別ってわかったんですけど、ここでは同じだったんです」

ベルガールとしても、組織のメンバーとしても、ライカは人の役に立って喜ばれるという経験をした。それでいて仕事として否定されることがなかった。

「なので支配人の質問には、『特定の人生の目的はありません』と答えます。ただ未来のペンギンの礎になれるくらいコペンで働けたら、それがわたしにとって最高の人生です。ウィン、ウィン、ウィンです！」

最後は右、左と手を挙げて、支配人のポーズをまねする。

父から教わった『迷ったら鳥になれ』の言葉通り、ライカは組織で働くことを通じて鳥の目を得た。もはやペンギンになったといっても過言ではない。すなわちライカにとってもコペンはコロニーだ。

お願いだから石垣島への転勤は考え直してと、支配人を見つめる。

「わかりました。ライカさん、石垣島での勤務をお願いしてもよろしいですか？」

その無慈悲な言葉を聞いて、ライカはかつてない大声で叫んだ。

「よろしくないですよ！　わたしはこんなに【ペンギン同盟】で働きたいのに！」

するとと目の前の支配人が、ひゅっと首をすくめる。

というか、全体的にシルエットが縮んでいた。体色までも変化して、頭は黒いままだけれど、体はいかにもふわふわなライトグレーになっている。

「支配人、子ペンにはなれたんですか……？」

椅子の上にちょこんと立つその姿は、写真集でよく見るコウテイペンギンの赤ちゃんそのものだった。その圧倒的なかわいさに、ライカの頬はだるだるに緩む。

「じ、自分の意思では変身できないんです。ものすごくびっくりすると、こんな風によちよちになります……」

「じゃあせめて、最後に抱っこさせてください」

返事を待たず、席を立って向かいの支配人をとらえた。

「ふおぉぅ……これはかつてない手触り……完全にあったか毛布……」

やわらかいおなかに顔をうずめると、幸せな気持ちで心が満たされた。

いまならなんだって許せそうな気がする。

「よし、満足です。離ればなれになるのはさびしいですけど、組織には役立つ人材が必要ですもんね。わたしは石垣島からみんなを応援することにします」

この肌触りが名残惜しくとも、【ペンギン同盟】にはやるべきことがある。そして春からは多くの人材が入ってくると聞いた。そのために配置転換が必要なら、ライカは葬儀場バイトのときと同じく笑って去るのみだ。

「ライカさん、誤解です。今日は我々がずっと一緒に働くための意思確認でした。ライカさんのホスピタリティは極めて優秀で、今後も組織に必要な力です」

腕の中の支配人が、「ナイスワーク！」と小さなフリッパーを突きだす。

「ずっと一緒って……でもわたし、石垣島へ飛ばされるんですよね？」

「ペンギンは渡り鳥。一定期間でコロニーを移る」

ミズハがいつもの豆知識を教えてくれた。つまりこういうことだろうか。

「じゃあ、みんなで石垣島に飛ぶってことですか？　ミズハさんも？」

「私はそもそも石垣出身。ランさんと娘も里帰り」

「なにそれ……なんなんですかもう！」

ライカは心の底から歓喜して、うっかり安堵で泣いてしまった。

「よかったわね、ライカちゃん。沖縄にも助けが必要な人はたくさんくるはずよ。おばあさんは、望口からあなたを応援しているわね」

イルカさんが優しく頭をなでてくれる。

「ありがとうございます。これからもがんばります……あ、はい。ライカです」

インカムにコンシェルジュから連絡が入った。

『いやほんとすいません。ライカさんミーティングで忙しいですよね？　でもあーしだけじゃ手が回らないんで、よかったらお力をお貸しいただけませんか？　芸能人のお客さんがいらしていて、ロビーにファンの子がたまっちゃって。もうね、ホスピタリティの申し子のライカさんなら、間違いなくいい具合に収められるんで！』

ランさんにすぐ行きますと返事して、ぱたぱたと走ってロビーへ向かう。

「いらっしゃいませ、ホテルコペンへようこそ！」

おなかを見るようにお辞儀したライカの腕は、すでに南国へ羽ばたいていた。

(To be continued)

＜初出＞

本書は書き下ろしです。

この物語はフィクションです。実在の人物・団体等とは一切関係ありません。

◇◇メディアワークス文庫

秘密結社ペンギン同盟

あるいはホテルコペンの幸福な朝食

鳩見すた

2020年5月25日　初版発行
2024年3月10日　再版発行

発行者　山下直久
発行　株式会社KADOKAWA
〒102-8177　東京都千代田区富士見2-13-3
0570-002-301（ナビダイヤル）
装丁者　渡辺宏一（有限会社ニイナナニイゴオ）
印刷　株式会社KADOKAWA
製本　株式会社KADOKAWA

●お問い合わせ
https://www.kadokawa.co.jp/（「お問い合わせ」へお進みください）
※内容によっては、お答えできない場合があります。
※サポートは日本国内のみとさせていただきます。
※Japanese text only

※定価はカバーに表示してあります。

Printed in Japan
ISBN978-4-04-913080-5 C0193

メディアワークス文庫　https://mwbunko.com/

本書に対するご意見、ご感想をお寄せください。

あて先
〒102-8177　東京都千代田区富士見2-13-3
メディアワークス文庫編集部
「鳩見すた先生」係